Contemporánea

Isaac Bashevis Singer (Leoncin, 1904 – Miami, 1991), escritor polaco exiliado a Estados Unidos, obtuvo el Premio Nobel en 1978 como reconocimiento al conjunto de su obra, formada por novelas, relatos y libros infantiles. Nacido en un pueblo cercano a Varsovia, sufrió con su familia el odio antisemita en la Primera Guerra Mundial. En 1935, alarmado por el auge nazi, emigró a Nueva York. Desde la distancia estadounidense, que ya no abandonaría, no cesó de recrear el mundo de su infancia y juventud en su lengua nativa, el yiddish. En una entrevista declaró que, aunque los judíos de Polonia habían muerto, «algo, llamémoslo espíritu o lo que sea, permanece en algún punto del universo. Es un tipo de sentimiento místico, pero pienso que es cierto». Entre sus obras más conocidas figuran *El mago de Lublin* (1960), *Los herederos* (1969) y *Enemigos* (1972).

Isaac Bashevis Singer

Gimpel, el tonto

Traducción de
Adolfo Martin

DEBOLS!LLO

Gimpel, el tonto

Título original: *Gimpel, the Fool*

Primera edición en Debolsillo: enero, 2018

D. R. © 1957, Isaac Bashevis Singer
Cedido por acuerdo con © The 2015 Zamir Revocable Trust. Todos los derechos reservados

D. R. © 2018, derechos de edición mundiales en lengua castellana:
Penguin Random House Grupo Editorial, S. A. de C. V.
Blvd. Miguel de Cervantes Saavedra núm. 301, 1er piso,
colonia Granada, delegación Miguel Hidalgo, C. P. 11520,
Ciudad de México

www.megustaleer.com.mx

D. R. © Adolfo Martin, por la traducción
D. R. © Gabriel Pacheco, por la ilustración de portada

ISBN: 978-607-316-096-4
Impreso en México – *Printed in Mexico*

El papel utilizado para la impresión de este libro ha sido fabricado a partir de madera procedente
de bosques y plantaciones gestionadas con los más altos estándares ambientales, garantizando
una explotación de los recursos sostenible con el medio ambiente y beneficiosa para las personas.

Penguin
Random House
Grupo Editorial

Estos relatos fueron escritos en el curso de los diez últimos años, a excepción de «El anciano», que apareció en 1933 en Varsovia. La mayoría de ellos fueron publicados en yiddish en *The Jewish Daily Forward*. Todos menos cuatro han aparecido también en inglés en las siguientes publicaciones: en *Partisan Review*, «Gimpel, el tonto» y «Del diario de un no nacido»; en *Midstream*, «El mataesposas»; en *Commentary*, «El caballero de Cracovia» y «Fuego»; en *New World Writing*, «El espejo» y en *A Treasury of Yiddish Stories*, «Los pequeños zapateros» y «Gimpel, el tonto». Quisiera expresar mi agradecimiento por el permiso concedido para publicar aquí nuevamente estos relatos. Quisiera también agradecer a los editores y traductores la fiel versión de los originales. Mi gratitud se dirige en particular a Elaine Gottlieb, cuya ayuda para la preparación de esta colección ha sido verdaderamente inestimable. Quiero, finalmente, manifestar mi agradecimiento a los editores de *The Noonday Press*, Cecil Hemley y Dwight W. Webb, que tuvieron la idea de publicar este volumen.

GIMPEL, EL TONTO

I

Yo soy Gimpel, el tonto. No me creo tonto; todo lo contrario. Pero así es como la gente me llama. Me pusieron el nombre cuando todavía estaba en la escuela. Tuve siete nombres en total: imbécil, borrico, alcornoque, mendrugo, badulaque, pelele y tonto. El último fue el que quedó. ¿En qué consiste mi tontería? Yo era fácil de engañar. Decían: «Gimpel, ¿sabes que la mujer del rabino está de parto?» Y yo faltaba a la escuela. Bueno, pues resultaba que era mentira. ¿Cómo iba yo a saberlo? No se le había hinchado la barriga. Pero yo nunca la miraba a la barriga. ¿De verdad era tan tonto por eso? Los chicos se echaban a reír, saltaban, bailaban y cantaban una oración de buenas noches. Y, en vez de las uvas que dan cuando una mujer está de parto, me llenaban las manos de excremento de cabra. Yo no era ningún alfeñique. Si le pegara a alguien le haría ver las estrellas. Pero soy pacífico por naturaleza. Pienso para mis adentros: «Dejémoslo correr.» Y así se aprovechan de mí.

Volvía de la escuela a casa y oía ladrar a un perro. No tengo miedo a los perros, pero, naturalmente, no quiero verme enzarzado nunca con ellos. Alguno puede estar rabioso, y si te muerde no hay nadie en el mundo que pueda salvarte. Así que me escabullía. Luego, miraba a mi alrededor y veía a toda la gente que había en la plaza del mercado riéndose a carcajadas. No era ningún perro, sino Wolf-Leib, el ladrón. ¿Cómo iba yo a saber que era él? Parecía una perra aullando.

Cuando los bromistas y los guasones descubrieron que yo era fácil de engañar, todos empezaron a probar suerte conmigo. «Gimpel, el zar va a venir a Frampol; Gimpel, la luna ha caído a tierra en Turbeen; Gimpel, el pequeño Hodel Furpiece ha encontrado un tesoro detrás de la casa de baños.» Y yo me lo creía todo como un *golem*.[1] En primer lugar, todo es posible, como está escrito en la Sabiduría de los Padres, no recuerdo exactamente dónde. Y, en segundo lugar, tenía que creer cuando toda la ciudad se me echaba encima. Si me atrevía a decir alguna vez «¡estáis de guasa!», entonces venían los líos. La gente se enfadaba. «¿Qué quieres decir? ¿Nos vas a llamar mentirosos a todos?» ¿Qué iba a hacer yo? Les creía, y espero que eso les hiciera algún bien por lo menos.

Yo era huérfano. Mi abuelo, que fue quien me crió, estaba ya con un pie en la tumba. Así que me pusieron de panadero, ¡y menudos ratos me daban allí! Cada una de las muchachas o mujeres que traían para que lo pusiera al horno, un montón de tallarines, tenía que embromarme una vez por lo menos. «Gimpel, hay una feria en el cielo; Gimpel, el rabino ha dado a luz, un ternero en el séptimo mes; Gimpel, una vaca ha pasado volando por encima de los tejados y dejaba caer huevos de bronce.» Un estudiante del yeshivá vino una vez a comprar un panecillo y dijo:

[1] *Golem*: mentecato. *(N. del E.)*

—Oye, Gimpel, mientras tú estabas aquí trabajando con tu pala de panadero ha venido el Mesías. Los muertos han resucitado.

—¿Qué quieres decir? —respondí—. ¡No he oído a nadie soplar el cuerno de carnero!

—¿Estás sordo? —exclamó él.

Y todos empezaron a gritar:

—¡Nosotros lo hemos oído, nosotros lo hemos oído!

Luego, entró Rietze, el cerero, y exclamó con su ronca voz:

—Gimpel, tu padre y tu madre se han levantado de la tumba. Te están buscando.

A decir verdad, yo sabía que nada de eso había ocurrido, pero daba lo mismo, pues los demás seguían hablando. Me puse mi chaqueta de lana y salí. Tal vez hubiera sucedido algo. ¿Qué podía perder con ir a mirar? Bueno, ¡menudo pitorreo se armó! Y entonces hice promesa de no creer nada más. Pero no sirvió de nada. Me embromaban de tal manera que no sabía por dónde andaba.

Fui al rabino para pedirle consejo. Me dijo:

—Está escrito que es mejor ser tonto durante todos los días de tu vida que malo una sola hora. Tú no eres tonto. Son ellos los tontos. Pues el que hace sentir vergüenza a su prójimo pierde para sí el Paraíso.

Sin embargo, la hija del rabino me engañó. Al salir de la casa, me dijo:

—¿No has besado todavía la pared?

—No. ¿Por qué? —respondí.

—Es la ley —me dijo ella—. Tienes que hacerlo después de cada visita.

Bueno, no parecía haber ningún daño en ello. Y ella soltó la carcajada. Era una buena broma. Me hizo caer por completo.

Quise marcharme a otra ciudad, pero, entonces, todo el mundo se empeñó en buscarme novia para que me casara y se echaban sobre mí de tal manera que casi me rompían los faldones de la chaqueta en sus ansias por atraparme. Me hablaban hasta ponerme la cabeza como un bombo. No era ninguna casta doncella la que me proponían, pero me decían que era virgen y pura. Cojeaba al andar, pero decían que lo hacía deliberadamente, por timidez. Tenía un hijo bastardo, y me decían que era su hermano pequeño.

Yo exclamé:

—Estáis perdiendo el tiempo. Nunca me casaré con esa zorra.

Pero ellos dijeron indignados:

—¡Qué manera de hablar! ¿No te da vergüenza? Podríamos llevarte ahora mismo al rabino y hacer que te multase por insultarla.

Comprendí que no podría escapar tan fácilmente de ellos y pensé: «Están decididos a conseguir su objetivo. Pero cuando uno se casa, el marido es el dueño, y si ella está conforme, también es agradable para mí. Además, uno no puede pasar por la vida sin sufrir algún daño, ni esperar tal cosa siquiera.»

Fui a su casa de arcilla, que estaba edificada sobre la arena, y toda la pandilla vino detrás de mí con gran algazara. Se portaban como si estuvieran dando una batida de osos. Cuando llegamos al pozo se detuvieron. Tenían miedo de empezar nada con Elka. La boca de ésta se abriría como si girase sobre goznes, y tenía una lengua muy suelta. Entré en la casa. Había cuerdas tendidas de una pared a otra, de las que colgaban ropas puestas a secar. Ella estaba junto a la artesa, con los pies descalzos, haciendo la colada. Vestía una raída bata de felpa. Llevaba el pelo recogido en trenzas de lado a lado de la cabeza. Casi se me cortó la respiración.

Evidentemente, sabía quién era yo. Volvió la vista hacia mí y exclamó:

—¡Mira quién está aquí! Anda, coge una silla.

Se lo conté todo; no negué nada.

—Dime la verdad —dije—, ¿eres verdaderamente virgen y ese pícaro Yechiel es de veras tu hermano pequeño? No me engañes, pues soy huérfano.

—Yo también soy huérfana —respondió ella—, y cualquiera que trate de burlarse de ti puede encontrar su merecido. Pero que no piensen que pueden aprovecharse de mí. Quiero una dote de cincuenta florines y, además, que hagan una colecta. Si no, que me besen ya sabes dónde.

Era muy clara hablando. Yo dije:

—Es la novia y no el novio quien da la dote.

Y ella replicó:

—No regatees conmigo. O sí, o no. Vete por donde has venido.

Yo pensé: «Ningún pan saldrá jamás de *esta* masa.» Pero la nuestra no es una ciudad pobre. Consintieron en todo y dispusieron las cosas para la boda. Y ocurrió que hubo por entonces una epidemia de disentería. La ceremonia se celebró a las puertas del cementerio, cerca de la choza destinada al lavado de los cadáveres. Los asistentes se emborracharon. Mientras se redactaba el contrato de matrimonio, oí preguntar al rabino:

—¿Es viuda o divorciada la novia?

Y la mujer del sepulturero respondió por ella:

—Viuda y divorciada a la vez.

Fue un momento negro para mí. Pero, ¿qué podía hacer? ¿Huir de debajo del dosel nupcial?

Hubo cantos y bailes. Una vieja comadre bailaba enfrente de mí acariciando un trenzado *challah*[2] blanco. El maestro de ceremonias hizo un panegírico de los padres de la novia. Los chicos de la escuela lanzaron hurras, como en el día de Tisha b'Av. Hubo muchos regalos después del sermón: una amasadera, escobas, cucharas, un cubo, objetos caseros en abundancia. Luego vi a dos robustos jóvenes que llevaban una cuna.

—¿Para qué necesitamos eso? —pregunté.

—No te devanes los sesos —respondieron—. Os vendrá bien.

Comprendí que iba a ser envuelto en alguna jugarreta. Aunque, por otra parte, ¿qué podía perder? «Veré lo que pasa —reflexioné—. No pueden volverse locos todos los habitantes de la ciudad.»

II

Por la noche, me acerqué a donde yacía acostada mi esposa, pero ella no quiso dejarme entrar.

—Bueno, oye, ¿para esto nos hemos casado? —dije.

—Me ha llegado la regla —respondió.

---

[2] *Challah*: Se refiere a las dos hogazas de pan que entre los judíos conforman el centro de la comida del Sabbath. Literalmente, es un mandamiento divino en la Torá que impone separar un pedazo de masa cada vez que se hornee pan. *(N. del E.)*

—Pero ayer te llevaron al baño ritual, y eso es después, ¿no?

—Hoy no es ayer —dijo ella—, y ayer no es hoy. Puedes largarte si no te gusta.

En resumen, esperé.

Antes de que transcurrieran cuatro meses, ya estaba ella de parto. La gente procuraba disimular la risa. Pero, ¿qué podía hacer yo? Ella sufría dolores intolerables y arañaba las paredes.

—Gimpel —exclamó—. Me muero. ¡Perdóname!

La casa se llenó de mujeres. Por todas partes había cacerolas de agua hirviendo. Los gritos llegaban hasta el *welkin*.[3]

Lo que había que hacer era ir a la Casa de Oración a repetir salmos, y eso fue lo que hice.

A los vecinos, aquello les pareció bien. Yo estaba en un rincón recitando salmos y oraciones, y ellos me miraban moviendo la cabeza.

—¡Reza, reza! —me decían—. La oración nunca ha dejado embarazada a ninguna mujer.

Uno de la congregación me puso una paja en la boca y dijo:

—Pasto para las vacas.

También para eso había algo, ¡Santo Dios!

Dio a luz a un chico. El viernes, en la sinagoga, el sacristán se puso en pie ante el Arca, golpeó sobre la mesa de lectura y anunció:

—El poderoso Reb Gimpel invita a la congregación a una fiesta en honor del nacimiento de un hijo.

[3] *Welkin*: el cielo. *(N. del E.)*

Toda la Casa de Oración estalló en risa. Me ardía el rostro. Pero no había nada que yo pudiese hacer. Después de todo, yo era el único responsable de la circuncisión, los honores y los rituales.

Acudió media ciudad. No cabía ni un alma más. Las mujeres llevaron garbanzos sazonados con pimienta, y había un barril de cerveza de la taberna. Comí y bebí tanto como cualquiera, y todos me felicitaron. Luego, tuvo lugar la circuncisión, y puse al niño el nombre de mi padre, que en paz descanse. Una vez que se hubieron marchado todos y quedé a solas con mi mujer, ella asomó la cabeza por entre las cortinas de la cama y me llamó.

—Gimpel —dijo—, ¿por qué estás tan callado? ¿Se ha hundido tu barco?

—¿Qué quieres que diga? —exclamé—. ¡Bonita cosa me has hecho! Si mi madre lo hubiera sabido se habría muerto por segunda vez.

—¿Estás loco, o qué?

—¿Cómo puedes poner en tal ridículo —dije— al que debería ser el dueño y señor?

—¿Qué es lo que te pasa? —exclamó—. ¿Qué se te ha metido ahora en la cabeza?

Comprendí que debía hablar clara y abiertamente.

—¿Crees que ésta es forma de tratar a un huérfano? —dije—. Has dado a luz a un bastardo.

—Quítate esa estupidez de la cabeza —replicó ella—. El chico es tuyo.

—¿Cómo puede ser mío? —alegué—. Ha nacido diecisiete semanas después de la boda.

Me dijo que era prematuro.

—¿No es un poco demasiado prematuro? —exclamé yo.

Me dijo que había tenido una abuela que sólo estaba embarazada durante ese tiempo, y que ella se parecía a su abuela como una gota de agua a otra. Lo afirmaba con tales juramentos que le habría creído uno a un aldeano en la feria si los hubiese usado. A decir verdad, yo no le creí; pero cuando hablé de ello al día siguiente con el maestro de la escuela, éste me dijo que lo mismo les había ocurrido a Adán y Eva. Subieron dos a la cama, y bajaron cuatro de ella.

—No hay una sola mujer en el mundo que no sea nieta de Eva —dijo.

Así era la cosa; razonaban conmigo como si yo fuera idiota. Pero, ¿quién sabe realmente cómo son estas cosas?

Empecé a olvidar mi tristeza. Quería con locura al chico, y él me quería también. En cuanto me veía agitaba sus manecitas y quería que yo le cogiese, y cuando hacía una rabieta yo era el único que podía calmarle. Le compré un chupete de hueso y un gorrito dorado. Siempre estaba cogiendo mal de ojo de alguien, y entonces tenía yo que ir corriendo a pronunciar alguno de esos abracadabras que le librarían de él.

Yo trabajaba como una mula. Ya sabéis cómo aumentan los gastos cuando hay un niño en la casa. No hace falta que lo oculte; y Elka no me desagradaba en absoluto, ya que vamos a eso. Me insultaba y me maldecía, y no podía obtener bastante de ella. ¡Qué fuerza tenía! Con sólo una mirada le quitaba a uno la facultad de hablar. ¡Y sus oraciones! Estaban llenas de tinieblas y de azufre, y, sin embargo, se hallaban en cierto modo llenas también de encanto. Yo adoraba cada una de sus palabras. Ella, sin embargo, me infligía crueles heridas.

Por la tarde le llevaba una barra de pan blanco y otra de pan negro, y también bollos aderezados que cocía yo mismo. Por causa de ella robaba todo a lo que podía echar mano: macarrones, uvas, almendras, pasteles. Confío en ser perdonado por robar de los pucheros que las mujeres llevaban los sábados a calentar en el horno de la panadería. Cogía tajadas de carne, un pedazo de tarta, una pata o una cabeza de pollo, unos cuantos callos, cualquier cosa que pudiera hurtar rápidamente. Ella comía y se iba poniendo gorda y opulenta.

Yo tenía que dormir fuera de casa toda la semana, en la panadería. Los viernes por la noche, cuando llegaba a casa, ella siempre ponía alguna excusa. O estaba cansada, o tenía punzadas en un costado, o hipo, o jaqueca. Ya sabéis lo que son las excusas de las mujeres. Yo pasaba muy mal rato. Era duro. Para colmo, aquel hermanito suyo, el bastardo, se estaba haciendo mayor. Me tiraba pedazos de carbón, y cuando yo quería pegarle ella abría la boca y me insultaba tan furiosamente que se me ponía una nube verde delante de los ojos. Diez veces al día me amenazaba con divorciarse. En mi lugar, otro hombre se habría despedido a la francesa y habría desaparecido. Pero yo soy de los que aguantan y no dicen nada. ¿Qué va a hacer uno? Las espaldas son de Dios, y las cargas también.

Una noche hubo un accidente en la panadería, reventó el horno y casi tuvimos un incendio. No había nada que hacer más que irse a casa, y eso fue lo que hice. «Disfrutaré por una vez —pensé— de la alegría de dormir en la cama entre semana.» No quería despertar al pequeño y entré de puntillas en la casa. Al entrar, me pareció que no oía el ronquido de una sola persona, sino, como si dijéramos, un doble ronquido, uno bastante suave y el otro como el resoplar de un buey en el matadero. ¡Oh, aquello no me gustaba! No me gustaba en absoluto. Subí hasta la cama, y todo se volvió negro de repente. Al lado de Elka yacía la forma de un hombre. En mi lugar, otro habría lanzado un rugido y armado un escándalo que hubiera hecho levantarse a toda la ciudad, pero a mí se me ocurrió la idea de que eso despertaría al niño. «¿Por qué asustarle por una cosa como aquélla?», pensé. Así que volví a la panadería, me eché sobre un saco de harina y no pude pegar ojo hasta la mañana. Temblaba como si tuviese la malaria. «Basta de hacer el asno —me dije a mí mismo—. Gimpel no va a ser un pelele toda su vida. Hay un límite hasta para la tontería de un tonto como Gimpel.»

Por la mañana, fui a pedir consejo al rabino, y eso causó una gran conmoción en la ciudad. Inmediatamente avisaron a Elka, que llegó poco después con el niño. ¿Y qué creéis que hizo? Lo negó, ¡lo negó todo, lisa y llanamente!

—Está loco —dijo—. Yo no sé nada de sueños ni adivinaciones.

Le gritaron, la amonestaron, golpearon sobre la mesa, pero ella se mantuvo en sus trece: era una falsa acusación, decía.

Los carniceros y los traficantes en caballos se pusieron de su parte. Uno de los chicos del matadero se acercó y me dijo:

—Te hemos echado el ojo encima; eres un hombre marcado.

Entretanto, el niño empezó a gemir y se ensució. En el tribunal rabínico había un Arca de la Alianza, y no podían permitir aquello, así que ordenaron a Elka que se marchase.

Yo dije al rabino:

—¿Qué debo hacer?

—Debes divorciarte de ella enseguida —respondió.

19

—¿Y si se niega? —pregunté.

—Debes plantear el divorcio. Eso es todo lo que tienes que hacer.

Yo dije:

—Bueno, está bien, rabí. Déjame pensar en ello.

—No hay nada en que pensar —replicó—. No debes permanecer con ella bajo un mismo techo.

—¿Y si quiero ver al niño? —pregunté.

—Deja marchar a la prostituta —dijo—, y a su prole de bastardos con ella.

La sentencia que pronunció fue que yo no debía cruzar siquiera el umbral de su casa, nunca más mientras estuviera vivo.

Durante el día, eso no me importó mucho. «No podía por menos de suceder», pensaba. El absceso tenía que reventar. Pero por la noche, cuando me eché sobre los sacos, me sentí dominado por la amargura. Se apoderó de mí un fuerte anhelo por ella y por el niño. Quería estar enfadado, pero ésa es precisamente mi desgracia: no puedo enfadarme realmente. En primer lugar —así era como rodaban mis pensamientos—, tiene que cometerse alguna equivocación a veces. Uno no puede vivir sin errores. Probablemente, el tipo que estaba con ella la andaba rondando y le hacía regalos, y las mujeres suelen tener abundantes cabellos y escaso juicio, y él la había seducido. Pero, puesto que ella lo niega, ¿no estaré imaginando cosas? A veces se tienen alucinaciones. Ve uno una figura o un maniquí o algo, pero cuando uno se acerca no hay nada, nada en absoluto. Y si es así estoy cometiendo una injusticia con ella. Al llegar a ese punto, empecé a sollozar. Lloré tanto que mojé la harina sobre la que yacía tendido. Por la mañana, fui a ver al rabino y le dije que había cometido un error. El rabino siguió escribiendo con su pluma de ave y dijo que si era así habría que reconsiderar todo el caso. Hasta que hubiera terminado, yo no debía acercarme a mi mujer, pero podía enviarle pan y dinero por medio de un mensajero.

III

Pasaron nueve meses antes de que los rabinos llegaran a un acuerdo. Se cruzaron cartas y más cartas. Nunca hubiera yo imaginado que podía haber tanta erudición acerca de un asunto como aquél.

Mientras tanto, Elka dio a luz de nuevo, esta vez a una niña. El sábado fui a la sinagoga e invoqué una bendición sobre ella. Me llamaron a la Torá, y puse a la niña el nombre de mi suegra, que en paz descanse. Los patanes y los bocazas de la ciudad que entraban en la panadería se ensañaban conmigo. Todo Frampol se regocijaba con mi pena y mi dolor. Sin embargo, decidí creerme todo lo que se me dijera. ¿De qué sirve *no* creer? Hoy es tu mujer a la que no crees; mañana dudas hasta del mismo Dios.

Por un aprendiz, vecino de ella, le enviaba diariamente algo de trigo o una hogaza de pan blanco, o un trozo de pastel, o bollos o, cuando tenía oportunidad, un pedazo de tarta, o de pastel de miel... cualquier cosa que encontrara. El aprendiz era un buen muchacho y más de una vez añadía algo por su cuenta. Con anterioridad se había portado muy mal conmigo, tirándome de la nariz y pegándome en las costillas, pero cuando empezó a visitar mi casa se volvió amable y amistoso.

—Oye, Gimpel —me dijo—, tienes una mujer estupenda y dos chicos encantadores. No te los mereces.

—Pero la gente dice cosas de ella —respondí.

—Bueno, tienen la lengua muy larga —dijo— y nada que hacer más que murmurar. No hagas caso, lo mismo que no haces caso del frío del invierno pasado.

Un día, el rabino me mandó llamar y me dijo:

—¿Estás seguro, Gimpel, de que estabas equivocado acerca de tu mujer?

—Completamente —respondí.

—Pero, bueno, ¡tú mismo lo viste!

—Debió de ser una sombra —dije.

—¿La sombra de qué?

—De una de las vigas, supongo

—Puedes irte a casa, entonces. Debes estar agradecido al rabino Yanover. Ha encontrado una oscura referencia en Maimónides que te favorece.

Cogí la mano del rabino y se la besé. Deseaba irme inmediatamente a casa. No es ninguna tontería estar separado tanto tiempo de la esposa y el hijo. Luego, reflexioné: «Será mejor que vaya ahora a trabajar y me dirija a casa por la noche». No dije nada a nadie, aunque, por lo que afectaba a mi corazón, era como uno de los Días Sagrados. Las mujeres me importunaban y reñían como todos los días, pero yo pensaba: «Seguid, seguid con vuestra boba charla. La verdad ha salido a la superficie, como el aceite sobre el agua. Maimónides dice que está bien y, por lo tanto, ¡está bien!»

Por la noche, después de cubrir la masa para dejar que se hinchara, tomé mi ración de pan y un pequeño saco de harina y me dirigí a casa. Había luna llena y relucían las estrellas, lo que infundía cierta misteriosa sensación de pavor. Apreté el paso, y mi sombra se alargaba ante mí. Era invierno, y había caído una ligera nevada. Se me ocurrió la idea de cantar, pero era ya tarde y no quería despertar a los vecinos. Luego, me dieron ganas de silbar, pero recordé que no debe uno silbar de noche porque eso atrae a los demonios. Así que guardé silencio y caminé lo más rápidamente que podía.

Los perros de los patios cristianos me ladraban al pasar, pero yo pensaba: «¡Ladrad hasta echar los dientes! ¿Acaso sois vosotros más que unos simples perros? Yo, en cambio, soy un hombre, el marido de una esposa excelente, el padre de unos hijos prometedores.»

Al aproximarme a la casa, mi corazón empezó a latir como si fuese el corazón de un criminal. No sentía miedo, pero mi corazón hacía: ¡pom! ¡pom! Bueno, no había que retroceder. Levanté suavemente el pestillo y entré. Elka estaba dormida. Miré a la cuna de la niña. La contraventana estaba cerrada, pero la luz de la luna se filtraba por las rendijas. Vi la carita de la recién nacida y amé, nada más verla, cada uno de sus diminutos huesecillos.

Luego, me acerqué a la cama. Y lo que vi fue nada menos que al aprendiz acostado al lado de Elka. La luna se ocultó enseguida. Quedó todo a oscuras, y yo empecé a temblar. Me castañetearon los dientes. El pan cayó de mis manos, y mi mujer despertó y dijo:

—¿Quién está ahí?

Murmuré:

—Soy yo.

—¿Gimpel? —exclamó—. ¿Cómo has venido aquí? Creí que estaba prohibido.

—El rabino lo ha dicho —contesté, y me estremecí como si tuviera fiebre.

—Escúchame, Gimpel —dijo—, sal al cobertizo y mira a ver si la cabra está bien. Parece que ha estado enferma.

He olvidado decir que teníamos una cabra. Al oír que no estaba bien, salí al patio. La cabra era una buena criatura. Sentía por ella un cariño casi humano.

Con pasos vacilantes, me dirigí al cobertizo y abrí la puerta. La cabra estaba allí sobre sus cuatro patas. La palpé por todas partes, la tiré de los cuernos, examiné sus ubres y no encontré nada malo. Probablemente, había comido demasiadas cortezas.

—Buenas noches, cabrita —dije—. Que sigas bien.

Y el animal me contestó con un «maa», como si quisiera darme las gracias por mis buenos deseos.

Regresé. El aprendiz se había desvanecido.

—¿Dónde está el chico? —pregunté.

—¿Qué chico? —respondió mi mujer.

—¿Qué quieres decir? —exclamé—. El aprendiz. Estabas durmiendo con él.

—¡Ojalá ocurran todas las cosas que he soñado esta noche y la anterior —dijo—, y caigas muerto en cuerpo y alma! Un espíritu malo ha entrado dentro de ti y te ofusca la vista —su voz se alzó excitada—. ¡Despreciable criatura! ¡Monstruo! ¡Demonio! ¡Grosero! ¡Lárgate, o gritaré hasta hacer saltar de la cama a todo Frampol!

Antes de que yo pudiera moverme, su hermano salió de detrás del horno y me dio un golpe en la nuca. Creí que me había roto el cuello. Sentí que había en mí algo profundamente equivocado y dije:

—No armes escándalo. Lo único que me falta es que la gente me acuse de atraer espíritus y *dybbuks*[4] —pues eso era lo que ella había querido decir—. Nadie tocará el pan de mi hornada.

Por fin logré calmarla.

—Bueno —dijo ella—, está bien. Acuéstate, y que te lleven los diablos.

A la mañana siguiente, llamé al aprendiz.

—Escucha, amigo —dije, y etcétera, etcétera—. ¿Qué puedes decirme?

Se me quedó mirando como si me hubiera caído de un tejado o algo.

—Te aseguro —respondió— que harías bien en ir a que te viese un médico. Me temo que tienes flojo un tornillo, pero no se lo diré a nadie.

Y así quedó la cosa.

Resumiendo en pocas palabras una larga historia, viví veinte años con mi mujer. Me dio seis hijos, cuatro chicas y dos chicos. Sucedieron toda clase de cosas, pero yo ni vi ni oí. Creí, y eso es todo. El rabino me dijo no hace mucho: «El creer es en sí mismo beneficioso. Está escrito que el varón justo vive por su fe.» De pronto, mi mujer cayó enferma. Empezó con una insignificancia, un pequeño bulto en el pecho. Pero, evidentemente, no estaba destinada a vivir mucho tiempo. Gasté una fortuna con ella. He olvidado decir que para entonces yo tenía una panadería de mi propiedad y era considerado en Frampol como un hombre rico. Diariamente venía el médico, y se mandó

---

[4] *Dybbuks*: demonios o almas de los muertos que entran en el cuerpo para posesionarse de él. *(N. del E.)*

llamar a todos los curanderos de los alrededores. Decidieron emplear sanguijuelas y, después de eso, probar con ventosas. Llamaron incluso a un doctor de Lublin, pero era demasiado tarde. Antes de morir, me hizo ir junto a su lecho y me dijo:

—Perdóname, Gimpel.

Yo exclamé:

—¿Qué hay que perdonar? Has sido una esposa buena y fiel.

—¡Ay de mí, Gimpel! —dijo—. Ha sido horrible cómo te he engañado durante todos estos años. Quiero presentarme limpia ante mi Creador, y por eso tengo que decirte que los niños no son tuyos.

Si me hubieran dado un estacazo en la cabeza no me habría quedado más aturdido.

—¿De quién son, pues? —pregunté.

—No lo sé —respondió—. Hubo muchos… pero no son tuyos.

Y mientras hablaba volvió la cabeza a un lado, se le enturbiaron los ojos, y todo terminó para Elka. En sus pálidos labios quedó flotando una sonrisa.

Yo imaginaba que, muerta como se hallaba, estaba diciendo: «Te engañé, Gimpel. Ése ha sido el significado de mi breve vida.»

IV

Una noche, terminado ya el periodo de luto, mientras yo yacía tendido sobre los sacos de harina soñando, vino el Espíritu del Mal y me dijo:

—Gimpel, ¿por qué duermes?

Yo respondí:

—¿Qué debería hacer? ¿Comer *kreplach*?

—Todo el mundo te engaña —dijo—, y tú deberías a tu vez engañar al mundo.

—¿Cómo puedo engañar a todo el mundo? —le pregunté.

Respondió:

—Podrías acumular un cubo de orina todos los días y verterlo de noche en la masa. Que coman inmundicia los sabios de Frampol.

—¿Y el juicio en el mundo futuro? —dije.

—No hay ningún mundo futuro —contestó—. Te han estado mintiendo y te han inducido a creer que llevabas un gato en el vientre. ¡Qué bobada!

—Bueno —dije—, ¿hay un Dios, entonces?

Respondió:

—Tampoco hay ningún Dios.

—Entonces, ¿qué hay?

—Un inmenso cenagal.

Se hallaba en pie ante mis ojos, con barba de cabra, cuernos, largos dientes y rabo. Al oír tales palabras quise cogerle del rabo, pero tropecé, caí de los sacos de harina y casi me rompo una costilla. Luego, sucedió que tuve que responder a la llamada de la naturaleza y, al pasar, vi la hinchada masa que parecía decirme: «¡Hazlo!» Me dejé convencer.

Al amanecer llegó el aprendiz. Amasamos los panes, espolvoreamos sobre ellos simientes de alcaravea, y yo me quedé sentado junto al horno sobre un montón de trapos. «Bueno, Gimpel —pensé—, ya te has vengado de ellos por toda la vergüenza que han derramado sobre ti.»

Afuera, brillaba la escarcha, pero hacía calor junto al horno. Las llamas me calentaban la cara. Incliné la cabeza y caí en un profundo sopor.

Enseguida, vi en sueños a Elka, vestida con su mortaja. Exclamó dirigiéndose a mí:

—¿Qué has hecho, Gimpel?

Le dije:

—Tú tienes la culpa —y me eché a llorar.

—¡Necio! —exclamó—. ¡Necio! ¿Porque yo era falsa va a ser falso todo también? Nunca engañé a nadie más que a mí misma. Estoy pagándolo todo, Gimpel. Aquí, nada te es perdonado.

La miré a la cara. La tenía negra. Me sobresalté y desperté bruscamente. Permanecí inmóvil y silencioso. Tenía la impresión de que todo estaba en la balanza. Un paso en falso, y perdería la Vida Eterna. Pero Dios me concedió su ayuda. Empuñé la larga pala, saqué los panes, los llevé al patio y empecé a cavar un hoyo en la tierra helada.

Mi aprendiz regresó mientras lo hacía.

—¿Qué estás haciendo, patrón? —dijo, y se puso pálido como un muerto.

—Yo sé lo que hago —respondí, y lo enterré todo delante de sus mismos ojos.

Me fui a casa, saqué mis ahorros del lugar en que los tenía escondidos y los repartí entre los chicos.

—He visto esta noche a vuestra madre —repuse—. Se ha vuelto negra, la pobrecilla.

Estaban tan asombrados que no pudieron pronunciar una sola palabra.

—Sed buenos —dije—, y olvidad que alguna vez existió un tal Gimpel.

Me puse mi abrigo corto, calcé un par de botas, cogí en una mano la bolsa que contenía mi velo de oraciones y en la otra, mis provisiones y besé el mezuzá. Cuando la gente me vio en la calle se quedaron muy sorprendidos. «¿A dónde vas?», dijeron. «Al mundo», respondí. Y me alejé así de Frampol. Vagabundeé por el país, y las buenas gentes no me abandonaron. Al cabo de muchos años, envejecí y mis cabellos se tornaron blancos; oí muchas cosas, muchas mentiras y falsedades, pero cuanto más vivía más claramente comprendía que no existen realmente mentiras. Lo que no sucede realmente se sueña de noche. Le sucede a uno si no le sucede a otro, mañana si no hoy, o dentro de un siglo, si no el año que viene. ¿Qué diferencia puede haber? A menudo, oía cosas de las que decía: «Bueno, eso es algo que no puede suceder.» Pero antes de que hubiera pasado un año resultaba que había ocurrido realmente en alguna parte.

Yendo de un lugar a otro, comiendo en mesas extrañas, sucede a menudo que relato historias fantásticas —cosas improbables que jamás podrían haber ocurrido— acerca de demonios, magos, molinos de viento y otras por el estilo. Los niños corren detrás de mí diciendo: «Abuelo, cuéntanos un cuento.» A veces me piden cuentos determinados, y yo procuro complacerlos. Un regordete muchachuelo me dijo una vez: «Abuelo, es el mismo cuento que nos has contado antes.» El pequeño tunante tenía razón.

Pasa lo mismo con los sueños. Hace muchos años que me marché de Frampol, pero tan pronto como cierro los ojos estoy allí de nuevo. ¿Y a quién creéis que veo? A Elka. Está de pie junto a la artesa, como en nuestro primer encuentro, pero su rostro resplandece y sus ojos son tan radiantes como los ojos de un santo, y me dice cosas extrañas en algún idioma desconocido. Cuando despierto lo he olvidado todo. Pero mientras el sueño dura me siento confortado. Ella responde a todas mis preguntas, y lo que resulta es que todo está bien. Yo lloro y suplico: «Déjame estar contigo.» Y ella me consuela y me dice que tenga paciencia. La hora está cada vez más próxima. A veces, me acaricia y me besa y llora sobre mi rostro. Cuando despierto, siento el sabor de sus labios y gusto la sal de sus lágrimas.

No hay duda de que el mundo es por completo un mundo imaginario, pero solamente una vez es arrancado del verdadero mundo. A la puerta de la choza en que me hallo tendido está el madero en que son llevados los muertos. El sepulturero judío tiene lista su *azada*. La tumba espera, y los gusanos se hallan hambrientos; están preparadas las mortajas, las llevo en mi zurrón de mendigo. Otro *shnorrer*[5] está aguardando para heredar mi lecho de paja. Cuando llegue la hora marcharé alegremente. Cualquier cosa que sea lo que allí haya, será algo real, sin complicación, sin ridículo, sin decepción. Alabado sea Dios: allí ni siquiera Gimpel puede ser engañado.

[5] *Shnorrer*: un mendigo, un gorrón. *(N. del E.)*

EL CABALLERO DE CRACOVIA

I

Entre espesos bosques y profundos pantanos, en la ladera de una colina, cerca de la cumbre, estaba el pueblo de Frampol. Nadie sabía quién lo había fundado, ni por qué allí precisamente. Las cabras pastaban entre las losas que casi se habían hundido en el suelo del cementerio. En la casa de la comunidad había un pergamino con una crónica, pero faltaba la primera página y la escritura se había borrado. Corrían leyendas de boca en boca, fábulas de retorcida intriga referentes a un noble loco, una dama lasciva, un estudioso judío y un perro salvaje. Pero su verdadero origen se había perdido en el pasado.

Los campesinos que labraban las parcelas circundantes eran pobres; la tierra se obstinaba en no dar frutos abundantes. En el pueblo, los judíos estaban empobrecidos; sus tejados eran de paja, sus suelos de lodo. En verano, muchos de ellos iban descalzos, y cuando hacía frío se envolvían los pies con trapos o llevaban abarcas hechas de paja.

El rabino Ozer, aunque famoso por su erudición, recibía un sueldo semanal de dieciocho *groszy*[1] solamente. Su ayudante,

---

[1] Un *groszy* es la centésima parte de un *zloty,* unidad monetaria polaca. *(N. del T.)*

además de matarife ritual, era también maestro, casamentero, empleado de los baños y celador del asilo de los pobres. Incluso los vecinos que eran tenidos por ricos conocían muy pocas comodidades. Llevaban gabardinas de algodón ceñidas a la cintura con una cuerda y sólo probaban la carne en la fiesta de los sábados. La moneda de oro raras veces se veía en Frampol.

Pero los habitantes de Frampol habían sido bendecidos con hijos magníficos. Los chicos crecían altos y fuertes, las chicas hermosas. Sin embargo, eso sólo en parte era una bendición, pues los jóvenes se marchaban para casarse con muchachas de otras ciudades, mientras que sus hermanas, que no tenían dote, se quedaban solteras. Mas, a pesar de todo, inexplicablemente, aunque el alimento era escaso y el agua sucia, los niños continuaban medrando.

Un verano sobrevino una gran sequía. Ni siquiera los campesinos más viejos podían recordar una calamidad como aquélla. No caía ni una gota de agua. El grano estaba reseco y agostado. Apenas había nada que mereciera ser segado. No llegó la lluvia hasta que hubieron sido cortadas y recogidas las pocas gavillas de trigo que había, y con ella el granizo, que destruyó todo el grano que había perdonado la sequía. Aparecieron en pos de la tormenta langostas enormes que parecían pájaros; se decía que salían voces humanas de sus gargantas. Se lanzaban contra los ojos de los campesinos, que trataban de ahuyentarlas. Aquel año no se celebró feria, pues todo se había perdido. Ni los campesinos ni los judíos de Frampol tenían alimentos. Aunque había ganado en las grandes ciudades, nadie podía comprarlo.

Precisamente cuando había sido abandonada toda esperanza y la ciudad entera estaba a punto de echarse a mendigar a los caminos, se produjo un milagro. Una carroza tirada por ocho briosos caballos entró en Frampol. Los aldeanos esperaban que su ocupante fuese un caballero cristiano, pero fue un judío, un joven de entre veinte y treinta años, quien descendió de la carroza. Alto y pálido, de redonda barba negra y ardientes y oscuros ojos, llevaba un sombrero de piel de marta, zapatos con hebillas de plata y un caftán de piel de castor. Rodeaba su cintura un ceñidor de seda verde. Su llegada conmovió a la ciudad entera, que acudió en masa a ver al forastero. Esto es lo que se contó: Era un médico de Cracovia y se había quedado viudo. Su esposa, hija de un acomodado mercader, había muerto al dar a luz, justamente con su hijo.

Confundidos, los aldeanos le preguntaron por qué había ido a Frampol. Era por consejo de un virtuoso rabino, les dijo. La melancolía que se había apoderado de él después de la muerte de su mujer, le había asegurado el rabino, desaparecería en Frampol. Salieron los mendigos del asilo y se aglomeraron a su alrededor mientras distribuía limosnas, monedas de tres *groszy*, de seis *groszy*, de medio florín. Evidentemente, el forastero era un don del Cielo. Frampol no estaba condenado a desaparecer. Los mendigos se apresuraron a ir a la panadería, y el panadero mandó a comprar un saco de harina a Zamosc.

—¿Un saco? —exclamó el joven doctor—. Pero eso no durará ni un día. Encargaré un carro entero, y no sólo de harina de trigo, sino también de maíz.

—Pero no tenemos dinero —explicaron los más viejos.

—Ya me lo devolveréis cuando lleguen tiempos mejores.

Y diciendo esto, el forastero sacó una bolsa llena de ducados de oro. El júbilo invadió Frampol mientras contaba las monedas.

Al día siguiente, llegaron a Frampol carros llenos de trigo, alforfón, cebada, habas y mijo. Llegó a oídos de los campesinos la noticia de la buena suerte del pueblo y acudieron a comprar víveres a los judíos, como habían acudido en otro tiempo los egipcios a José. Al no tener dinero, pagaban en especie; como consecuencia, hubo carne en el pueblo. Volvían a arder los hornos, los pucheros estaban llenos. Surgía el humo de las chimeneas, difundiendo en el aire del atardecer los aromas de pollos y patos asados, de ajos y cebollas, de pan recién hecho y de pasteles. Los aldeanos volvieron a sus ocupaciones; los zapateros remendaban zapatos; los sastres empuñaban sus tijeras y sus oxidadas planchas.

Las noches eran cálidas y el cielo estaba despejado, aunque ya había pasado la fiesta de los Tabernáculos. Las estrellas parecían insólitamente grandes. Hasta los pájaros estaban excitados, y trinaban y gorjeaban como en pleno verano. El forastero de Cracovia había alquilado la mejor habitación de la posada, y su comida consistía en pato asado, mazapán y pan retorcido. Albaricoques y vino húngaro eran su postre. Seis velas adornaban la mesa.

Una noche, después de cenar, el doctor de Cracovia entró en la gran sala pública, donde se habían reunido algunos de los vecinos más curiosos, y preguntó:

—¿Quiere alguien jugar una partida de cartas?

—Pero todavía no es Hanukkah —respondieron sorprendidos.

—¿Por qué esperar a Hanukkah? Mi puesta será un florín por cada *groszy*.

Algunos de los más frívolos se animaron a probar su suerte, y ésta resultó ser muy buena. Un *groszy* significaba un florín, y un florín se convertía en treinta. Jugaba todo el que quería. Todo el mundo ganaba. Pero el forastero no parecía incomodado. Billetes de Banco y monedas de plata y de oro cubrían la mesa. Mujeres y chicas se amontonaron en la sala, y parecía como si el brillo del oro que se apilaba ante ellas se reflejara en sus ojos. Estaban boquiabiertos de admiración. Jamás habían sucedido tales cosas en Frampol. Las madres recomendaban a sus hijas que cuidaran mucho sus peinados y les permitían ponerse los vestidos de fiesta. Sería afortunada la muchacha que encontrara favor a los ojos del joven doctor; él no era de los que exigían dote.

II

A la mañana siguiente, fueron a visitarle los casamenteros, exaltando cada uno las virtudes de la muchacha que representaban. El doctor les invitó a sentarse, les sirvió pasteles de miel, macarrones, nueces y aloja y les dijo:

—Todos vosotros me aseguráis exactamente lo mismo. Vuestra clienta es hermosa e inteligente y posee todas las cualidades posibles. Pero, ¿cómo puedo saber quién de vosotros me está diciendo la verdad? Quiero por esposa a la más exquisita de ellas, y esto es lo que propongo: que se celebre un baile al que sean invitadas todas las jóvenes elegibles. Observando su porte y su comportamiento, podré elegir entre ellas. Luego se extenderá el contrato de matrimonio y se dispondrá la boda.

Los casamenteros estaban atónitos. El viejo Mendel fue el primero que recuperó el uso de la palabra.

—¿Un baile? Eso está bien para los gentiles ricos, pero nosotros, los judíos, no nos hemos permitido entregarnos a tales fiestas desde la destrucción del Templo…, excepto cuando la Ley lo prescribe para determinadas solemnidades.

—¿No está todo judío obligado a casar a sus hijos? —preguntó el doctor.

—Pero las muchachas no tienen vestidos apropiados —protestó otro casamentero—. Tendrían que ir vestidas de harapos por causa de la sequía.

—Yo haré que todas tengan vestidos. Encargaré a Zamosc seda, lana, terciopelo y lino en calidad suficiente para equipar a todas las muchachas. Que se celebre el baile. Ha de ser una fiesta que jamás olvidará Frampol.

—Pero, ¿dónde podemos celebrarlo? —exclamó otro casamentero—. La sala en que solíamos festejar las bodas fue destruida por un incendio, y nuestras casas son demasiado pequeñas.

—Está la plaza del mercado —sugirió el caballero de Cracovia.

—Pero estamos ya en el mes de Heshvan. Puede empezar a hacer frío cualquier día de éstos.

—Elegiremos una noche cálida en que haya luna.

El forastero tenía respuesta para todas las numerosas objeciones de los casamenteros. Finalmente, éstos consintieron en consultar a los ancianos. El doctor dijo que no tenía ninguna prisa, que esperaría su decisión. Durante toda la discusión, había estado jugando una partida de ajedrez con uno de los jóvenes más inteligentes del pueblo, mientras mordisqueaba un racimo de uvas.

Los ancianos se mostraron incrédulos al oír lo que había propuesto. Pero las jóvenes se entusiasmaron. Los muchachos manifestaron también su aprobación. Las madres simulaban vacilar, pero dieron finalmente su consentimiento. Cuando una delegación de ancianos fue a ver al rabino Ozer para obtener su aprobación, éste se sintió ofendido.

—¿Qué clase de charlatán es ése? —exclamó—. Frampol no es Cracovia. ¡Sólo nos faltaba un baile! ¡Quiera el Cielo que no atraigamos una calamidad y tengan que pagar nuestra frivolidad inocentes niños!

Pero los hombres de más espíritu práctico razonaron con el rabino diciendo:

—Nuestras hijas andan descalzas y cubiertas de harapos. Él les proporcionará zapatos y vestidos. Si una de ellas llega a agradarle se casará con ella y se establecerá aquí. Ciertamente, eso va en beneficio nuestro. La sinagoga necesita un tejado nuevo. La casa de estudio tiene rotos los cristales de las ventanas, la casa de baños necesita urgentes reparaciones. En el asilo de mendigos, los enfermos reposan sobre haces de paja podrida.

—Todo eso es cierto. Pero, ¿y si pecamos?

—Todo se hará conforme a la Ley, rabí. Puedes confiar en nosotros.

El rabino Ozer cogió el libro de la Ley y comenzó a hojearlo. De vez en cuando se detenía para leer atentamente una página; finalmente, después de vacilar unos momentos lanzó un suspiro y consintió. ¿Había acaso posibilidad de elección? Él mismo llevaba seis meses sin recibir su sueldo.

En cuanto el rabino hubo dado su consentimiento, comenzó un intenso despliegue de actividad. Los mercaderes se pusieron inmediatamente en camino con dirección a Zamosc y Yanev y regresaron con telas y pieles pagadas por el caballero de Cracovia. Los sastres y las modistas trabajaban día y noche; los zapateros dejaban sus bancos solamente para rezar. Las muchachas se hallaban en un estado de enfebrecida excitación. Ensayaban pasos de baile que recordaban vagamente. Preparaban dulces y pasteles y vaciaban sus despensas de jamones y conservas que habían almacenado para casos de enfermedad. Los músicos de Frampol se mostraban igualmente activos. Címbalos, violines y gaitas, largo tiempo arrumbados y olvidados, tuvieron que ser desempolvados y afinados. La alegría se contagió incluso a los ancianos, pues se rumoreaba que el elegante doctor se proponía celebrar un banquete para los pobres en el que se distribuirían limosnas.

Las muchachas elegibles se dedicaban de lleno a la tarea de su embellecimiento personal. Se lavaban el cuerpo y se arreglaban el cabello; unas cuantas visitaron incluso el baño ritual para bañarse entre las mujeres casadas. Por las noches, con los rostros encendidos y los ojos brillantes, iban a verse a sus casas para contar cuentos y proponer adivinanzas. Les resultaba difícil, y también a sus madres, dormir por la noche. Los padres suspiraban durante el sueño. Y, de pronto, las muchachas de Frampol parecieron tan atractivas que los jóvenes que tenían pensado casarse fuera de la ciudad se enamoraron de ellas. Aunque los jóvenes permanecían todavía sentados en la casa de estudio escudriñando el Talmud, su sabiduría no penetraba ya hasta ellos. Ahora solamente hablaban del baile, era solamente el baile lo que absorbía sus pensamientos.

También el doctor de Cracovia se divertía. Se cambiaba de ropa varias veces al día. Primero era una túnica de seda y zapatillas bordadas, luego un caftán de lana y botas altas. En una comida llevaba una esclavina guarnecida de colas de castor, y en la siguiente una capa recamada de flores y hojas. Desayunaba pichón asado, que regaba con vino seco. Para almorzar pedía tallarines con huevos y *blintzes*, y era lo suficientemente audaz como para comer entre semana el budín del sábado. Nunca asistía a la oración y jugaba a toda clase de juegos: naipes, cabras y lobos, la raya. Después de almorzar, paseaba en carroza con su cochero. Los campesinos se quitaban el sombrero a su paso y se inclinaban en reverencia casi hasta el suelo. Un día, paseó a pie por Frampol con un bastón de puño de oro. Las mujeres salían a las ventanas para contemplarle, y un grupo de chiquillos le seguían, recogiendo los terrones de azúcar que les echaba. Por las noches, él y sus compañeros, jóvenes alegres, bebían vino hasta horas muy avanzadas. El rabino Ozer advertía constantemente a su rebaño que se estaba dejando deslizar por una pronunciada pendiente conducido por el Diablo, pero nadie le hacía caso. Todos tenían sus mentes y sus corazones absorbidos por el baile que se celebraría en la plaza del mercado a mediados de aquel mes, a la hora de la luna llena.

III

En las afueras del poblado, en un pequeño valle próximo a un pantano, había una choza no mayor que un gallinero. Su suelo era de fango, su ventana estaba cegada, y el tejado, cubierto de verdoso y amarillento musgo, le hacía a uno pensar en un nido de pájaros abandonado. Delante de la choza se extendían montones de basura, y zanjas calizas surcaban la húmeda tierra. Entre los desperdicios, había una silla desfondada, una jarra sin asa, una mesa sin patas. Toda clase de escobas, huesos y trapos parecían estar pudriéndose allí. Allí era donde Lipa, el trapero, vivía con su hija Hodle. En vida de su primera esposa, Lipa había sido un respetable mercader de Frampol, donde ocupaba un banco junto a la pared oriental de la sinagoga. Pero cuando su mujer se ahogó en el río, su posición comenzó a declinar rápidamente. Se dio a la bebida, entró en relación con los peores elementos de la ciudad y no tardó en llegar a la bancarrota.

Su segunda esposa, una mendiga de Yenev, le dio una hija a la que dejó a su lado cuando le abandonó por no encontrar apoyo en él. Sin sentirse en absoluto afectado por la marcha de su mujer, Lipa dejó que la niña se las arreglara por sí sola. Cada semana pasaba unos cuantos días recogiendo trapos entre la basura. El resto del tiempo lo pasaba en la taberna. Aunque la mujer del posadero le reprendía, sólo obtenía insultantes respuestas a cambio. Lipa tenía mucho éxito entre los hombres como inventor de historias. Atraían negocios al lugar con sus fantásticas imaginaciones acerca de brujas y trasgos, diablos y duendes. Sabía recitar también poesías polacas y ucranianas y era muy hábil para contar chistes. El posadero le permitía ocupar un asiento próximo a la estufa y de vez en cuando le daba un cuenco de sopa y un pedazo de pan. Los viejos amigos, recordando la antigua opulencia de Lipa, le regalaban ocasionalmente un par de pantalones, un abrigo raído o una camisa. Él lo aceptaba todo sin dar las gracias. Incluso soltaba la lengua contra sus benefactores cuando se desprendían de tales cosas.

Haciendo honor al refrán «de tal palo, tal astilla», Hodle heredó los vicios de sus progenitores, el padre borracho y la madre mendiga. A los seis años se había ganado ya una reputación de glotona y ladrona. Medio desnuda y descalza, rondaba por el pueblo, irrumpiendo en las despensas de las casas cuyos propietarios se hallaban ausentes. Robaba gallinas y patos, los degollaba con pedazos de cristales y se los comía. Aunque los habitantes de Frampol habían avisado muchas veces a su padre de que estaba criándola en un ambiente de licencia y libertad excesivas, la información no parecía preocuparle. Raras veces hablaba con ella, y ella ni siquiera le llamaba padre. A los doce años, su lascivia se convirtió en tema de conversación entre las mujeres. Los gitanos visitaban su choza, y se rumoreaba que ella devoraba la carne de gatos y perros, de hecho toda clase de carroña. Alta y espigada, de pelo cobrizo y ojos verdes, andaba descalza en verano y en invierno, y llevaba faldas hechas de recortes de tela de diversos colores desechados por las modistas. Era temida por las madres, que decían que lanzaba hechizos que hacían perder a los jóvenes su vigor. Los adultos que la reprendían recibían contestaciones insolentes. Tenía la malicia de un bastardo, la venenosa lengua de una víbora y, cuando era atacada por los golfillos de la calle, no vacilaba en devolver los golpes. Dotada de una particular habilidad para lanzar juramentos, poseía un repertorio ilimitado. Era muy frecuente en ella exclamar: «Que se te cubra de postillas la lengua y se te gangrenen los ojos.» O: «Ojalá te pudras hasta que tu aliento apeste como una mofeta.»

A veces, sus maldiciones resultaban efectivas, y todos procuraban no incurrir en su ira. Mas, a medida que se iba haciendo mayor, ella empezó a rehuir todo trato con los habitantes del pueblo y fue olvidada casi por completo. Pero el día en que los comerciantes de Frampol distribuían entre las muchachas de la ciudad vestidos y pieles de cuero en preparación para el baile, reapareció Hodle. Tenía ya unos diecisiete años y se hallaba plenamente desarrollada, aunque llevaba todavía falda corta. Su rostro estaba cubierto de pecas y llevaba los cabellos desgreñados. Rodeaba su garganta un collar de cuentas como los usados por las gitanas y lucía en las muñecas pulseras hechas de dientes de lobo. Se abrió paso entre la multitud y pidió la parte que le correspondía. No quedaban más que unos cuantos retazos sueltos, que le fueron entregados. Aunque furiosa con su asignación, la recogió y se volvió rápidamente a su casa. Los que habían visto lo ocurrido se echaron a reír: «¡Mira quién va a ir al baile! ¡Bonita presencia será la suya!»

Por fin, los sastres y los zapateros terminaron su trabajo; todo vestido quedó ultimado y todo zapato ajustado. Los días eran milagrosamente cálidos, y las noches tan luminosas como los atardeceres de Pentecostés. El día del baile, la estrella de la mañana despertó a toda la ciudad. Mesas y bancos se alineaban a un lado del mercado. Los cocineros habían guisado terneros, corderos, cabras, ánades y pollos y habían preparado tartas, pasteles de uvas, bollos y panes trenzados, dulces de cebolla y pan de jengibre. Había aguamiel, cerveza y una barrica de vino húngaro que había traído el tabernero. Los niños llevaban los arcos y las flechas con que solían jugar en la fiesta de Omer, así como sus carracas de la Purim[2] y las

---

[2] Fiesta que celebran los judíos los días 14 y 15 del mes de Adar (febrero-marzo) para conmemorar el triunfo de Ester sobre el perverso Amán. (N. del T.)

banderas de la Torá. Hasta los caballos del doctor estaban adornados con ramas de sauce y flores de otoño, y el cochero los hizo desfilar por toda la ciudad. Los aprendices abandonaron su trabajo y los estudiantes de yeshivá sus volúmenes del Talmud. Y, pese a que el rabino Ozer les había prohibido que asistiesen al baile, las jóvenes matronas se vistieron sus galas de boda y acudieron acompañando a las muchachas, que iban también vestidas de blanco y llevando cada una de ellas una vela en la mano, como novias que se dirigieran a su ceremonia nupcial. La banda había empezado ya a tocar, y la música era animada. El rabino Ozer se había encerrado bajo llave en su casa y era el único que no se hallaba presente. Su sirvienta se había marchado al baile dejándole solo. Sabía que no podría salir nada bueno de aquello, pero le era imposible hacer nada para impedirlo.

Al atardecer, todas las muchachas se habían ya congregado en la plaza del mercado, rodeadas por los demás vecinos. Las muchachas bailaron; primero un rigodón, luego una danza de tijera. Después fue Kozack y, finalmente, la Danza de la Ira. Apareció la luna, aunque el sol brillaba aún sobre el horizonte. Era el momento en que había de presentarse el caballero de Cracovia. Hizo su entrada montado sobre un blanco corcel, flanqueado de sus guardias de corps y acompañado de su hombre de confianza. Llevaba un sombrero adornado con una larga pluma, y sobre su verde casaca relucían los botones de plata. Colgaba una espada a su costado, y sus resplandecientes botas descansaban en los estribos. Parecía un noble que marchara a la guerra rodeado de su escolta. Permaneció en silencio, contemplando a las muchachas mientras bailaban. ¡Cuán airosas eran, qué encantadoramente se movían! La única que no bailaba era la hija de Lipa, el trapero. Se hallaba de pie a un extremo de la plaza, ignorada por todos.

IV

El sol poniente, sorprendentemente grande, contemplaba iracundo, como un ojo celeste, la plaza del mercado de Frampol. Jamás había visto Frampol una puesta de sol semejante. Como ríos de hirviente azufre, surcaban el cielo encendidas nubes que asumían la forma de elefantes, leones, serpientes y monstruos. Parecían estar librando una batalla en el firmamento, devorándose unas a otras, respirando y escupiendo fuego. Parecía casi ser el Río de Fuego, donde los demonios torturaban a los malhechores entre candentes brasas y montones de cenizas. Se hinchó la luna, agrandose poco a poco, tiñose de un color sangriento, con manchas y costurones, y su luz fue debilitándose. Sobrevino una tenebrosa oscuridad que borró el fulgor de las estrellas. Los jóvenes encendieron antorchas, y fue preparada una barrica de pez ardiente. Las sombras danzaban de un lado para otro como si estuvieran celebrando su propio baile. Las casas parecían vibrar en torno a la plaza del mercado; temblaban los tejados, se estremecían las chimeneas. Jamás se había conocido en Frampol alegría y embriaguez semejantes. Por primera vez en muchos meses, todos habían comido y bebido hasta la saciedad. Incluso los animales participaban en el jolgorio. Relinchaban los caballos, mugían las vacas y cacareaban los pocos gallos que habían sobrevivido a la matanza. Bandadas de cuervos y de extraños pájaros bajaban volando para picotear las migajas caídas. Las luciérnagas iluminaban la oscuridad, y el relámpago destellaba en el horizonte. Pero no se oían truenos. Un fantasmagórico círculo luminoso resplandeció unos momentos en el cielo y se hundió súbitamente en el horizonte, arrastrando tras de sí una purpúrea estela que semejaba una vara de fuego. Entonces, mientras todos miraban estupefactos al cielo, habló el caballero de Cracovia:

—Escuchadme. Tengo cosas maravillosas que deciros, pero que nadie se deje llevar de la alegría. Hombres, tomad a vuestras esposas. Jóvenes, mirad a vuestras muchachas. El dinero es arena para mí, y los diamantes son guijarros. Vengo de la tierra de Ofir, donde el rey Salomón halló el oro para su templo. Habito en el palacio de la reina de Saba. Mi carroza es de oro macizo, sus ruedas están incrustadas de zafiros, sus ejes son de marfil y en sus lámparas refulgen rubíes y esmeraldas, ópalos y amatistas. El rey de las Diez Tribus Perdidas de Israel conoce vuestras miserias y me ha enviado para que sea vuestro benefactor. Pero hay una condición. Esta noche deben casarse todas las vírgenes. Yo proporcionaré una dote de diez mil ducados a cada doncella, así como un collar de perlas que le llegará hasta las rodillas. Mas apresuraos. Toda muchacha debe tener marido antes de que los relojes den las doce.

La multitud enmudeció. El silencio era tan profundo como en el día de Año Nuevo antes de sonar el cuerno de carnero.

Podría incluso haberse oído el zumbido de una mosca.

Entonces, un anciano exclamó:

—Pero eso es imposible. ¡Las muchachas ni siquiera están comprometidas!

—Que se comprometan.

—¿Con quién?

—Podemos echar a suertes —respondió el caballero de Cracovia—. Todo el que vaya a casarse tendrá su nombre escrito en una tarjeta. Yo también. Y entonces los sacaremos para ver a quién le toca con quién.

—Pero una muchacha debe esperar siete días. Tiene que realizar las abluciones prescritas.

—Caiga sobre mí el pecado. No es necesario que esperen.

Pese a las protestas de los ancianos y sus mujeres, se rompió una hoja de papel y en cada uno de los pedazos fue escribiendo un amanuense el nombre de un joven o de una muchacha. El muñidor de la ciudad, ahora al servicio del caballero de Cracovia, sacaba los nombres de los jóvenes de una gorra y de otra los de las muchachas e iba cantándolos con el mismo tono que utilizaba para convocar a los miembros de la congregación a la lectura de la Torá.

—Nahum, hijo de Katrieí, prometido a Yentel, hija de Natán; Salomón, hijo de Coy Baer, prometido a Trina, hija de Jonás Lieb.

Era un sorteo extraño, pero, como de noche todos los gatos son pardos, las parejas parecían bastante bien equilibradas. Después de cada extracción, los recién prometidos se acercaban cogidos de la mano al doctor para recibir la dote y el regalo de boda. Tal como había prometido, el caballero de Cracovia daba a cada pareja la suma estipulada de ducados y colgaba del cuello de cada novia una ringlera de perlas. Las madres, incapaces de reprimir su alegría, empezaron a danzar y a gritar. Los padres permanecieron quietos, aturdidos. Cuando las muchachas se levantaban los vestidos para recoger en ellos las monedas de oro que les entregaba el doctor, quedaban al descubierto sus piernas y sus ropas interiores, lo que provocaba paroxismos de lujuria en los hombres. Chillaban los violines, batían los tambores, resonaban las trompetas. El alboroto era ensordecedor. Chiquillos de doce años se emparejaban con «solteronas» de diecinueve. Los hijos de los ciudadanos acomodados tomaban como novias a las hijas de los pobres; se unían enanos con gigantes, bellezas deslumbrantes con inútiles lisiados. En las dos últimas papeletas aparecieron los nombres del caballero de Cracovia y de Hodle, la hija de Lipa, el trapero.

El mismo anciano que había hecho oír su voz anteriormente dijo ahora:

—¡Ay de nosotros! La muchacha es una ramera.

—Ven, Hodle, acércate a tu prometido —rogó el doctor.

Hodle, recogido el cabello en dos largas trenzas, vestida con una falda de percal y calzada con sandalias, no esperó que se lo pidieran dos veces. Tan pronto como hubo sido llamada, avanzó hacia donde el caballero de Cracovia permanecía montado en su yegua y se dejó caer de rodillas. Se prosternó ante él siete veces.

—¿Es cierto lo que dice ese viejo necio? —le preguntó su futuro marido.

—Sí, mi señor, es cierto.

—¿Has pecado solamente con judíos o también con gentiles?

—Con ambos.

—¿Era para poder comer?

—No. Por puro placer.

—¿Cuántos años tenías cuando empezaste?

—Aún no había cumplido los diez.

—¿Te arrepientes de lo que has hecho?

—No.

—¿Por qué no?

—¿Por qué había de arrepentirme? —replicó ella desvergonzadamente.

—¿No temes los tormentos del infierno?

—No temo a nada, ni siquiera a Dios. Dios no existe.

El anciano empezó a gritar de nuevo:

—¡Ay de nosotros! ¡Ay de nosotros, judíos! Un fuego terrible va a caer sobre nosotros, judíos, el fuego de Satán. ¡Huid antes de que sea demasiado tarde!

—Hacedle callar —ordenó el caballero de Cracovia.

Sus guardias prendieron al anciano y le amordazaron. El doctor, llevando a Hodle cogida de la mano, empezó a bailar. Y entonces, cual si hubieran sido invocados los poderes de las tinieblas, comenzó a caer la lluvia y el granizo. Centelleantes relámpagos eran seguidos del retumbar de pavorosos truenos. Pero, indiferentes a la tormenta, hombres y mujeres piadosos se abrazaban sin rubor, danzando y gritando como poseídos. Hasta los viejos se veían afectados. En un espasmo de loco frenesí, eran rasgados los vestidos, arrancados los zapatos, sombreros, pelucas y gorras pisoteados por el fango. Infinidad de cinturones se deslizaban hasta el suelo y quedaban allí, retorciéndose como serpientes. De pronto, estalló un horrísono fragor. Un deslumbrante rayo había batido simultáneamente contra la sinagoga, la casa de estudio y el baño ritual. La ciudad entera ardía incendiada.

Entonces, las alucinadas gentes comprendieron por fin que aquellos acontecimientos no eran debidos a causas naturales. Aunque la lluvia continuaba cayendo e incluso aumentaba en intensidad, el fuego no se extinguía. Una luz aterradora resplandecía en la plaza del mercado. Unos cuantos prudentes que trataron de apartarse de la multitud enloquecida fueron derribados y pisoteados.

Y entonces el caballero de Cracovia reveló su verdadera personalidad. Ya no era el joven que los habitantes del pueblo habían acogido con los brazos abiertos, sino una horrible criatura cubierta de escamas, con un ojo en el pecho y sobre la frente un cuerno que giraba vertiginosamente. Sus brazos estaban cubiertos de vello, espinas y retorcidos mechones de pelo, y su cola era una masa de serpientes vivas, pues no era otro que Ketev Mriri, jefe de los demonios.

Brujas, lobos satánicos, duendes, demonios y trasgos caían a plomo desde el cielo, unos sobre escobas, otros sobre aros, otros aun sobre arañas. Osnath, la hija de Machlath, flotando al viento su larga cabellera, desnudos los pechos y los muslos al aire, saltaba de chimenea en chimenea y patinaba sobre los aleros. Namah, Hurmizah hija de Aff y muchas otras diablesas daban toda clase de volteretas y saltos mortales. El propio Satán presentaba al novio, mientras cuatro espíritus malignos sostenían las varas del palio nupcial, que se habían convertido en contorsionantes boas. Cuatro perros daban escolta al novio. Cayó a tierra el vestido de Hodle, que quedó completamente desnuda. Sus pechos le colgaban hasta el ombligo y tenía los pies palmeados. Sus cabellos eran un amasijo de orugas y gusanos. El novio sacó un anillo triangular y, en vez de decir «con este anillo seas consagrada a mí según las leyes de Moisés e Israel», dijo:

—Con este anillo seas profanada a mí según las blasfemias de Korah e Ismael.

Y, en vez de desear buena suerte a la pareja, los espíritus malignos exclamaron:

—Mala suerte.

Y empezaron a cantar:

La maldición de Eva, la marca de Caín,
la astucia de la serpiente, sellen vuestra misión sin fin.

Gritando por última vez, el anciano se cogió la cabeza con ambas manos y expiró. Mriri comenzó su panegírico:

El estiércol del diablo y el hechizo de Satán
transporten su espíritu al fuego infernal.

V

El rabino Ozer despertó en medio de la noche. Como era un santo varón, el fuego que estaba consumiendo la ciudad no tenía poder ninguno sobre su casa. Se sentó en la cama y miró a su alrededor preguntándose si estaría ya apuntando el alba. Pero no era día ni noche. El cielo se hallaba teñido de una violenta tonalidad rojiza, y de lo lejos llegaba un clamor de gritos y cantos que semejaba el aullido de fieras salvajes. Al principio, no recordando nada, el anciano se preguntó qué estaría ocurriendo.

—¿Ha llegado el fin del mundo? ¿O he dejado de oír el cuerno de carnero que anuncia la venida del Mesías? ¿Habrá llegado Él?

Se lavó las manos, se puso su abrigo y sus sandalias y salió.

La ciudad era irreconocible. Donde habían estado las casas solamente se alzaban chimeneas. Acá y allá humeaban montones de brasas. Llamó al muñidor, pero no obtuvo contestación. Apoyándose en su báculo, el rabino echó a andar en busca de su rebaño.

—¿Dónde estáis, judíos, dónde estáis? —exclamaba lastimeramente.

La tierra le quemaba los pies, pero él no aminoró el paso. Perros rabiosos y extraños seres le atacaban, pero él blandía su báculo contra ellos. Era tan grande su amargura que no sentía miedo. Donde antes había estado la plaza del mercado se ofreció a sus ojos un espectáculo horrible. No había más que una enorme ciénaga llena de fango y cenizas. Salpicándose de barro hasta la cintura, una multitud de hombres y mujeres desnudos continuaba ejecutando los movimientos de la danza. Al principio, el rabino tomó por demonios a las fantasmales figuras, y ya se disponía a pronunciar sus exorcismos cuando reconoció a los hombres de su ciudad. Se acordó entonces del caballero de Cracovia y exclamó acongojado:

—¡Por el amor de Dios, judíos, salvad vuestras almas! ¡Estáis en manos de Satán!

Pero los ciudadanos, sumidos en una especie de trance demasiado intenso para hacer caso de sus gritos, continuaron durante largo tiempo saltando como ranas y estremeciéndose violentamente como a impulsos de la fiebre. Con la cabeza descubierta, flotantes los cabellos y los pechos al aire, las mujeres reían, gritaban y se contorsionaban. Cogiéndole por el pelo, una muchacha atrajo hacia su regazo a un estudiante yeshivá. Una mujer se agarraba a la barba de un hombre desconocido. Hombres y mujeres estaban hundidos en el fango hasta la espalda. Apenas parecían seres vivos.

El rabino urgía incansablemente al pueblo para que resistiese a las fuerzas del mal. Recitando la Torá y otros libros sagrados, así como conjuros y la lista de los varios nombres de Dios, consiguió despertar a algunos de ellos. Pronto, respondieron otros también. El rabino había ayudado al primer hombre a salir del fango, ése ayudó luego al siguiente y lo mismo fueron haciendo todos. La mayoría de ellos se habían recuperado ya para el momento en que apareció la estrella de la mañana. Tal vez hubieran intercedido los espíritus de sus antepasados, pues aunque muchos habían pecado sólo uno de ellos murió aquella noche en la plaza del mercado.

Los hombres quedaron aterrados al comprender que el diablo les había embrujado y les había hecho revolcarse en la inmundicia; y se echaron a llorar.

—¿Dónde está nuestro dinero? —gemían las muchachas—. ¿Y nuestro oro y nuestras joyas? ¿Dónde están nuestros vestidos? ¿Qué ha sido del vino, el aguamiel y los regalos de boda?

Pero todo se había convertido en barro; la ciudad de Frampol, destrozada y en ruinas, no era más que una enorme ciénaga. Sus habitantes se hallaban cubiertos de barro, desnudos, monstruosos. Por un momento, olvidando su desgracia, se echaron a reír unos de otros. Las muchachas estaban desgreñadas, y en sus cabellos se enredaban los murciélagos. Los jóvenes presentaban rostros arrugados y grisáceos; los viejos estaban amarillos como muertos. En medio yacía el anciano que había muerto. Rojo de vergüenza, el sol se alzó sobre el horizonte.

—Rasguemos en señal de luto nuestras vestiduras —exclamó un hombre, pero sus palabras suscitaron risas, pues todos estaban desnudos.

—Estamos condenados, hermanas mías —se lamentó una mujer.

—Ahoguémonos en el río —gritó una muchacha—. ¿Para qué seguir viviendo?

Uno de los muchachos yeshivá dijo:

—Estrangulémonos con los cinturones.

—Hermanos, estamos perdidos. Blasfememos de Dios —dijo un tratante en caballos.

—¿Os habéis vuelto locos, judíos? —clamó el rabino Ozer—. Arrepentíos antes de que sea demasiado tarde. Habéis caído en el cepo de Satán, pero es mía la culpa. Toma sobre mí el pecado. Sólo yo soy el culpable. Seré vuestra cabeza de turco, y vosotros permaneceréis limpios.

—¡Eso es una locura! —protestó uno de los estudiantes—. ¡No quiera Dios que caigan tantos pecados sobre tu sagrada cabeza!

—No os preocupéis por eso. Mis espaldas son anchas. Debí haber sido más previsor. Estuve ciego para no comprender que el doctor de Cracovia era el Demonio. Y cuando el pastor está ciego las ovejas se descarrían. Soy yo quien merece el castigo y las maldiciones.

—¿Qué haremos, rabí? No tenemos hogares, ni ropas, nada. ¡Ay de nosotros, de nuestros cuerpos y de nuestras almas!

—¡Nuestros hijos! —gritaron las madres jóvenes—. ¡Corramos a ellos!

Pero eran los niños las verdaderas víctimas de la pasión por el oro que había hecho pecar a los habitantes de Frampol.

Habían ardido sus cunas, y sus huesos estaban calcinados. Las madres se agachaban para recoger manos, pies, cráneos. Largo tiempo duraron los llantos y los lamentos, pero ¿cuánto tiempo puede llorar toda una ciudad? El sepulturero reunió los huesos y los llevó al cementerio. Media ciudad dio comienzo a los siete días prescritos de luto. Pero todos ayunaban, pues no había alimento en ninguna parte.

Mas la compasión de los judíos es bien conocida, y cuando el vecino poblado de Yanev supo lo ocurrido empezaron a llegar a Frampol vestidos, ropas de cama, pan, queso y otros alimentos. Los carpinteros llevaron maderas para la construcción. Un hombre rico ofreció crédito. Al día siguiente, había comenzado la reconstrucción de la ciudad. Aunque el trabajo está prohibido a los que se hallan en periodo de luto, el rabino Ozer anunció que aquél era un caso excepcional: estaban en peligro las vidas de todos los habitantes. Milagrosamente, el tiempo se mantuvo benigno; no nevó. Jamás se había conocido tanta diligencia en Frampol. Los vecinos trabajaban y rezaban, mezclaban barro con arena y recitaban salmos. Las mujeres trabajaban al lado de los hombres, y las muchachas, olvidando sus melindres, aportaban también su ayuda. Los aldeanos de los pueblos vecinos, enterados de la catástrofe, acogieron en sus casas a los enfermos. Llevaron también madera, patatas, coles, cebollas y otros alimentos. Sacerdotes y obispos de Lublín, al tener noticia de sucesos que se hallaban penetrados de brujería, acudieron para interrogar a los testigos presenciales. Mientras el escribano registraba los nombres de los que vivían en Frampol, fue recordada de pronto Hodle, la hija de Lipa, el trapero. Pero, cuando los habitantes del pueblo fueron al lugar donde había estado su choza, encontraron la colina cubierta de zarzas y maleza, sumida en un absoluto silencio, sólo roto por las voces de gatos y gallos; ni la menor indicación de que seres humanos hubiesen morado jamás allí.

Se comprendió entonces que Hodle era realmente Lilith[3] y que las huestes de los mundos inferiores habían ido a Frampol por su causa. Terminadas sus investigaciones, se marcharon los clérigos de Lublín, grandemente asombrados por lo que habían visto y oído. Pocos días después, la víspera del Sabbath, murió el rabino Ozer. La ciudad entera acudió a su funeral, y el predicador pronunció su panegírico. Con el tiempo, llegó un nuevo rabino y una nueva ciudad se alzó sobre las cenizas de la antigua. Los ancianos murieron, derrumbáronse los montones de tierra del cementerio y se fueron desmoronando lentamente los monumentos. Pero la historia, firmada por testigos fidedignos, aún puede leerse en las crónicas de los pergaminos.

Y los sucesos narrados tuvieron su epílogo: la codicia de oro había sido sofocada en Frampol y nunca más volvió a encenderse. Generación tras generación, sus habitantes permanecieron en la pobreza. Una moneda de oro se convirtió en una abominación en Frampol, y hasta la plata era mirada con recelo. Cuando un sastre o un zapatero pedía un precio demasiado elevado por su trabajo, se le decía: «Ve al caballero de Cracovia, y él te dará cubos llenos de oro.»

Y sobre la tumba del rabino Ozer, en la capilla levantada en su memoria, arde perennemente una luz. Una paloma blanca se ve frecuentemente sobre su tejado: el bienaventurado espíritu del rabino Ozer.

---

[3] Demonio femenino según la tradición rabínica, probablemente de origen asirio-babilónico. (*N. del T.*)

EL MATAESPOSAS
CUENTO POPULAR

I

Yo soy de Turbin, y allí teníamos un mataesposas. Pelte se
llamaba; Pelte, el mataesposas. Tuvo cuatro mujeres y, no sea
juzgado por ello, las mandó a todas al otro barrio. No sé qué
veían en él las mujeres. Era un hombre bajo, grueso, canoso,
de barba rala y prominentes ojos inyectados en sangre. Sólo
mirarle ya daba miedo. Y en cuanto a su tacañería… nunca
habéis podido ver nada parecido. Fuera invierno o verano,
andaba siempre con el mismo caftán y las mismas botas de
cuero. Sin embargo, era rico. Tenía una gran casa de ladrillo,
una despensa llena de grano y varias fincas en la ciudad. Poseía un cofre de roble que todavía recuerdo. Estaba cubierto
de cuero y forrado de planchas de cobre para proteger su interior en caso de incendio. Para mantenerlo a salvo de los ladrones lo había clavado al suelo. Se decía que guardaba en
él una fortuna. De todas maneras, no puedo comprender cómo
una mujer podía ir al palio nupcial con un hombre como él.
Sus dos primeras mujeres tenían por lo menos la excusa de
que procedían de casas pobres. La primera era huérfana, y él

la tomó tal como era, sin dote ninguna. La segunda era viuda y no tenía ni un céntimo a su nombre. Ni una saya poseía tan siquiera, si me permitís la expresión. Hoy en día la gente habla de amor. Se figuran que en otros tiempos los hombres eran ángeles. Bobadas. Zafio y desmañado como era, se enamoró perdidamente de ella, de tal manera que hizo reír a todo Turbin. Era un hombre maduro que había pasado ya los cuarenta años, y ella era apenas una niña, de dieciocho años, o menos aún. En resumen, intervinieron almas caritativas, los familiares echaron una mano al asunto, y las cosas llegaron a su término. Inmediatamente después de la boda, la joven esposa empezó a quejarse de que él no se portaba bien. Se contaban cosas extrañas, y que Dios me castigue por mis palabras. Él observaba continuamente una conducta malévola. Antes de que saliera a rezar por la mañana, ella solía preguntarle: «¿Qué quieres para comer? ¿Sopa o *borscht*?» «Sopa», contestaba él por ejemplo. Así que ella le hacía la sopa. Pero cuando volvía a casa se quejaba: «¿No te dije que me hicieses *borscht*?» Ella replicaba: «Tú mismo dijiste que querías sopa.» Y él exclamaba: «¡De modo que soy un mentiroso!» Y antes de que pudiera contestarle nada, cogía una rebanada de pan y una cabeza de ajo y se marchaba hecho una furia a la sinagoga para comer allí. Ella corría tras él y gritaba: «¡Te prepararé un *borscht*! ¡No me avergüences delante de la gente!» Pero él ni siquiera volvía la vista. En la sinagoga, los jóvenes estaban sentados estudiando. «¿Qué ha pasado que vienes a comer aquí?», le preguntaban. «Me ha echado mi mujer», respondía. Resumiendo, el caso es que la llevó a la tumba con sus rabietas. Cuando la gente le aconsejaba que se divorciase, él la amenazaba con marcharse y abandonarla. Una vez, él se escapó y fue visto en la carretera de Yanov, cerca de la barrera. La mujer comprendió que estaba perdida, así que se echó a la cama para morir. «Muero por él —dijo—. Dios no se lo tenga en cuenta.» La ciudad entera se conmovió. Varios carniceros y algunos arrojados jóvenes quisieron darle una lección, porque ella era de su clase, pero la comunidad no lo permitió; después de todo, era un hombre acomodado. El muerto al hoyo, como dice la gente, y lo que se traga la tierra queda pronto olvidado.

Transcurrieron varios años, y él no se volvía a casar. Tal vez era que no quería, tal vez que no se presentaba ninguna oportunidad adecuada; el caso era que continuaba viudo. Las mujeres se refocilaban con ello. Se volvió más tacaño que antes todavía, y tan tosco que resultaba francamente desagradable. Comía un poco de carne solamente los sábados: recortes de pellejos. Durante toda la semana comía alimentos secos. Se hacía él mismo el pan con maíz y salvado. No compraba leña. En vez de ello salía por las noches con un saco para recoger las virutas que había por el suelo en las proximidades de la panadería. Tenía dos profundos bolsillos y echaba en ellos todo lo que veía: huesos, cortezas, cuerdas, pedazos de teja. Escondía todas estas cosas en su buhardilla. Las tenía amontonadas hasta el techo. «Cualquier cosilla puede resultar útil», solía decir. Era un maestro del regateo y podía citar las Escrituras en cualquier ocasión, aunque, por regla general, hablaba poco.

Todo el mundo pensaba que permanecería solo el resto de su vida. De pronto, se extendió la terrible noticia de que estaba prometido con Finkl, hija de Reb Falik. ¿Cómo os describiría a Finkl? Era la mujer más hermosa de la ciudad y pertenecía a la mejor familia. Su padre, Reb Falik, era un magnate. Se decía que encuadernaba sus libros en seda. Siempre que una novia era llevada a la Mikvé, los músicos se detenían ante sus ventanas e interpretaban una tonada. Finkl era su única hija. Había tenido siete, y sólo ella sobrevivía. Reb Falik la casó con un adinerado joven de Bord, uno entre un millón, instruido y juicioso, un verdadero aristócrata. Le vi una vez al pasar, con rizados *peios,* un floreado caftán y delicados zapatos con calcetines blancos. La flor y nata. Pero el destino tenía previstas las cosas de otra manera. Inmediatamente después de las Siete Bendiciones, sufrió un ataque. Fue llamado Zishe, el curandero, quien le aplicó sanguijuelas y le sangró, pero ¿qué puede hacerse contra el destino? Reb Falik despachó un carruaje a Lublín para que trajese un médico, pero Lublín está lejos, y antes de que quisieran darse cuenta todo había terminado. La ciudad entera lloró, como en Yom Kippur en Kol Nidre. El viejo rabino —descanse en paz— pronunció su panegírico. Yo no soy más que una mujer pecadora y no entiendo mucho de cuestiones elevadas, pero todavía recuerdo lo que dijo el rabino. Todo el mundo se aprendió de memoria el panegírico. «Pidió blanco y recibió negro…», empezó el rabino. En el Gemorra, esto se refiere a un hombre que pidió palomas, pero el rabino —háyasele dado la paz— aludía a las vestiduras nupciales y a las mortajas funerarias. Hasta sus enemigos vistieron luto. Nosotras, las muchachas, empapamos de noche nuestras almohadas. Finkl, la delicada y suave Finkl, se sumió en un hondo dolor. Su madre no vivía ya, y Reb Falik tampoco sobrevivió mucho tiempo. Finkl heredó todas sus riquezas, ¿pero de qué sirve el dinero? Rehusaba oír a nadie.

De pronto, supimos que Finkl iba a casarse con Pelte. La noticia llegó al atardecer de un jueves invernal, y todos sentimos un estremecimiento. «¡Ese hombre es de la piel del demonio! —exclamó mi madre—. Debería expulsársele de la ciudad.» Las chicas quedamos petrificadas. Yo solía dormir sola, pero aquella noche me metí en la cama de mi hermana. Me sentía invadida por la fiebre. Más tarde supimos que la boda había sido concertada por un hombre que era un poco de esto, un poco de aquello y un fastidio para todos. Se decía que había pedido prestado un Gemorra a Pelte y que había encontrado entre sus páginas un billete de cien rublos. Pelte tenía la costumbre de esconder dinero en los libros. Yo no entendía qué tenía que ver una cosa con otra, entonces no era más que una niña. Pero, ¿qué puede importar? Finkl consintió. Cuando Dios quiere castigar a alguien le priva de la razón. La gente corría a ella mesándose los cabellos y tratando de disuadirla, pero no quiso modificar su decisión. La boda se celebró el sábado siguiente a Shevuoth. El palio nupcial fue levantado delante de la sinagoga, como es costumbre cuando se casa una virgen, pero a todos nos parecía que estábamos asistiendo a un funeral. Yo estaba en una de las dos filas de muchachas que se alineaban con velas encendidas en la mano. Era una tarde de verano, y no corría el aire, pero cuando pasó el novio las llamas comenzaron a titilar. Yo me estremecí de miedo. Los violines empezaron a tocar una melodía nupcial, pero su música parecía un gemido. Lloraba el violoncelo. No le desearía a nadie que oyese nada semejante. A decir verdad, preferiría no seguir con la historia. Podría daros pesadillas, y yo misma no me atrevo. ¿Qué? ¿Que queréis que siga? Muy bien. Tendréis que acompañarme a casa. Esta noche no quiero ir sola hasta allá.

¿Dónde estaba? ¡Ah, sí! Finkl se casó. Más parecía un cadáver que una novia. Sus damas de honor tenían que sostenerla. ¿Quién sabe? Tal vez había cambiado de opinión. Pero, ¿tenía ella la culpa? Todo venía de Arriba. Yo oí hablar una vez de una novia que huyó desde debajo mismo del palio nupcial. Pero Finkl no haría eso. Preferiría ser quemada viva antes que humillar a nadie.

¿Es preciso que os diga cómo terminó todo? ¿No lo adivináis? Que todos los enemigos de Israel encuentren tal fin. Debo decir que esta vez él no utilizó sus acostumbradas artimañas. Por el contrario, trató de consolarla. Pero una negra melancolía emanaba de él. Finkl procuró absorberse en las tareas domésticas, y las jóvenes acudían a visitarla. Había un constante ir y venir, como cuando una mujer está sujeta a confinamiento. Contaban historias, hacían punto, cosían y proponían acertijos, cualquier cosa para distraer a Finkl. Algunos empezaron a insinuar que quizá no fuera una unión tan imposible. Él era rico e instruido. ¿No podría ocurrir que se humanizara viviendo con ella? Se confiaba en que Finkl quedaría embarazada y tuviera un hijo y se acostumbrara a su suerte. ¡No hay pocos matrimonios inadecuados en el mundo! Pero estaba escrito que no había de ocurrir así. Finkl abortó y tuvo una hemorragia. Tuvieron que traer un médico de Zamosc que la aconsejó que se mantuviera ocupada. No volvió a quedar embarazada, y fue entonces cuando empezaron sus disgustos. Él la atormentaba, todo el mundo lo sabía. Pero cuando se le preguntaba: «¿Qué te está haciendo?», ella contestaba solamente: «Nada.» «Si no te hace nada, ¿por qué tienes esos círculos azules alrededor de los ojos? ¿Y por qué andas vagando como un espíritu errante?» Pero ella se limitaba a decir: «Yo misma no sé por qué.»

¿Cuánto tiempo duró esto? Más de lo que nadie esperaba. Todos pensábamos que no duraría más de un año, pero ella sufrió durante tres años y medio. Se iba apagando lentamente como una luz. Sus parientes trataron de hacerla ir a los baños calientes, pero ella se negó. Llegaron las cosas a tal extremo que la gente empezó a rezar para que le llegara su fin. No se debe decir esto, pero la muerte es preferible a una vida semejante. Ella también se maldecía a sí misma. Antes de morir, mandó llamar al rabino para que redactara su testamento. Probablemente, quería dejar sus riquezas para fines caritativos. ¿Qué, si no? ¿Dejársela a su asesino? Pero de nuevo intervi-no el destino. Una muchacha gritó de pronto: «¡Fuego!», y todo el mundo corrió a salvar sus cosas. Resultó que no había ningún incendio. «¿Por qué has gritado "fuego"?», se le preguntó a la muchacha. Y ella explicó que no era ella quien había gritado, sino algo en su interior lo que había proferido la voz. Entretanto, Finkl murió, y Pelte heredó sus bienes. Ahora, era ya el hombre más rico de la ciudad; pero regateó el precio de la sepultura hasta que la obtuvo a mitad de precio.

Hasta entonces no había sido llamado mataesposas. Un hombre puede quedarse viudo dos veces. Son cosas que ocurren. Pero después de esto, a Pelte se le llamó el mataesposas.

Los chicos *cheder* le señalaban con el dedo: «Ahí viene el mataesposas.» Una vez terminados los siete días de luto, el rabino le mandó llamar.

—Reb Pelte —le dijo—, eres ahora el hombre más rico de Turbin. La mitad de las tiendas de la plaza del mercado te pertenecen. Has prosperado con la ayuda de Dios. Es hora de que cambies tu forma de vida. ¿Cuánto tiempo permanecerás apartado de todos los demás?

Pero las palabras no le causaban efecto. Le decía una cosa, y él contestaba algo que no tenía nada que ver con ella, o se mordía los labios y no decía nada, como si se le hablara a la pared. Cuando el rabino vio que estaba perdiendo el tiempo le dejó marchar.

Durante algún tiempo, permaneció silencioso. Empezó a hacerse de nuevo el pan él mismo y a recoger virutas, pinas y estiércol para el fuego. Se le evitaba como a la peste. Raras veces acudía a la sinagoga. Todo el mundo se alegraba de no verle. Los jueves solía recorrer la ciudad con su libro para cobrar deudas o intereses. Lo tenía todo escrito y jamás olvidaba nada. Si un comerciante le decía que no tenía dinero para pagarle y le pedía que volviera en otra ocasión, él no se marchaba, sino que se quedaba allí quieto, mirándole con sus abultados ojos hasta que el comerciante se cansaba y le pagaba hasta el último céntimo. El resto de la semana permanecía escondido en su cocina. Diez años pasaron de esta forma, tal vez once; ya no recuerdo. Debía de andar cerca de los sesenta años, quizá más. Nadie intentaba ajustarle una boda.

Y entonces ocurrió algo, y de esto es lo que quiero hablaros. Podría escribir un libro acerca de ello, pero lo resumiré en pocas palabras. Vivía en Turbin una mujer a la que se llamaba Zlateh, la bruja. Algunos la denominaban Zlateh, la cosaca. Por sus apodos podéis adivinar la clase de persona que era. No está bien murmurar de los muertos, pero es preciso decir la verdad; era de la clase más baja y despreciable. Era pescadora, y su marido había sido pescador. Da vergüenza decir lo que hizo en su juventud. Era una puerca, todo el mundo lo sabía. Tenía un bastardo en alguna parte. Su marido solía trabajar en el asilo. Allí pegaba y robaba a los enfermos. Ignoro cómo se hizo de pronto pescador, pero eso no importa. Los viernes, solían instalarse en la plaza del mercado con un cesto de pescado e insultaban a todos los que pasaban, les comprasen o no. Los insultos y las maldiciones salían de la boca de ella como de un saco roto. Si alguien se quejaba de que defraudaba en el peso, cogía un pescado por la cola y la emprendía a golpes. A más de una mujer le arrancó la peluca de la cabeza. Una vez fue acusada de robo y se presentó al rabino y juró en falso, ante las velas negras y la tabla sobre la que se lava a los muertos, que era inocente. Su marido se llamaba Eber, un hombre extraño; era de un lugar lejano de Polonia. Murió, y ella quedó viuda. Era tan malvada que todo el funeral se lo pasó gimiendo: «Eber, no te olvides de llevarte todos los disgustos.» Después de los siete días de luto, volvió a vender de nuevo pescado en la plaza del mercado. Como era gruñona e insultaba a todo el mundo, la gente le gastaba bromas: «¿No vas a casarte otra vez, Zlateh?», le preguntó una mujer. Y ella contestó: «¿Por qué no? Todavía soy un plato apetitoso.» La verdad es que ya era una vieja bruja. «¿Y con quién te casarás, Zlateh?», le preguntaron, y ella se lo pensó unos momentos y dijo: «Con Pelte.»

Las mujeres creyeron que lo decía en broma y se echaron a reír. Pero no era ninguna broma, como sabréis muy pronto.

Una mujer le dijo:

—¡Pero si es un mataesposas!

Y Zlateh respondió:

—Si él es un mataesposas, yo soy peor matamaridos. Eber no fue mi primer marido.

¿Quién podía decir cuántos había tenido antes de él? No era nativa de Turbin, sino que el diablo la había traído de algún lugar situado al otro lado del Vístula. Nadie hizo caso de sus palabras, pero no pasó una semana antes de que todo el mundo supiera que Zlateh no había hablado por hablar. Nadie sabía si ella había enviado a un casamentero o si había preparado la boda por sí misma, pero el matrimonio estaba en marcha. La ciudad entera se rio de buena gana; falsedad y perversidad, una bonita pareja. Todo el mundo decía lo mismo: «Si Finkl levantara la cabeza y viera quién va a heredar su puesto, se moría de disgusto.» Los aprendices de los sastres y las costureras empezaron enseguida a apostar quién sobreviviría a quién. Los aprendices decían que Pelte, el mataesposas, no podía tener competidor, y las costureras replicaban que Zlateh era varios años más joven y que ni siquiera Pelte tendría la menor oportunidad en cuanto ella abriera la boca. El caso es que se celebró la boda. Yo no estaba allí. Ya sabéis que cuando un viudo se casa con una viuda no suele haber mucha jarana. Pero otros que fueron se divirtieron a lo grande. La novia estaba toda engalanada. El sábado fue a la galería de mujeres en la sinagoga llevando un sombrero con una pluma. No sabía leer. Dio la casualidad de que aquel sábado llevaba yo una nueva novia a la sinagoga, y Zlateh estaba muy cerca de mí. Ocupaba el asiento de Finkl. Se pasó todo el tiempo hablando y cotorreando, de modo que yo ya no sabía a dónde mirar de vergüenza. ¿Y sabéis lo que decía? Insultaba a su marido. «No durará mucho conmigo», dijo, así como suena. Una bruja, no cabía la menor duda.

Durante algún tiempo, nadie habló de ellos. Al fin y al cabo, es imposible que una ciudad entera se preocupe de tales cosas. Y, de pronto, volvió a surgir el alboroto. Zlateh había tomado una criada, una mujer que había sido abandonada por su marido. La criada empezó a contar historias terribles. Pelte y Zlateh estaban en guerra, es decir, no precisamente ellos, sino sus estrellas. Sucedían toda clase de cosas. Una vez, Zlateh estaba de pie en medio de la habitación y la lámpara se desprendió del techo y no le dio de lleno por unos centímetros. «El mataesposas vuelve a las suyas —dijo—. Ya le enseñaré yo.» Al día siguiente, Pelte se dirigía a la plaza del mercado; resbaló y cayó en una zanja, y faltó muy poco para que se desnucara. Todos los días ocurría algo nuevo. Una vez, se incendió el hollín de la chimenea y casi arde la casa entera; en otra ocasión, cayó la cornisa del ropero y por muy poco no le dio a Pelte en la cabeza. Todo el mundo veía claramente que uno de los dos tendría que desaparecer. En alguna parte está escrito que todo hombre va seguido de demonios, mil por la izquierda y diez mil por la derecha. Teníamos un *malamed* en la ciudad, un tal Reb Itche, el matarife —así es como se le llamaba—, un hombre muy agradable que sabía todo lo que se refería a «esos» asuntos. Dijo que aquél era un caso de guerra entre «ellos». Al principio, las cosas marcharon muy tranquilas, es decir, la gente hablaba, pero la desdichada pareja no decía ni palabra. Mas, al fin, Zlateh corrió a presencia del rabino toda temblorosa.

—Rabí —exclamó—. No puedo aguantar más. Escucha esto. Había preparado la masa de hacer pan en una batea y la cubrí con una almohada. Quería levantarme temprano para hacer el pan. Y en medio de la noche me encuentro con que la masa está en mi cama. Es obra suya, rabí. Está decidido a terminar conmigo.

Por aquel tiempo, Reb Eisele Teumim, un verdadero santo, era el rabino de la ciudad. No podía dar crédito a sus oídos.

—¿Por qué había de hacer un hombre tales travesuras? —preguntó.

—¿Por qué? ¿Me pregunta por qué? —replicó ella—. Mándale llamar, rabino, que lo diga él mismo.

Fue despachado el *shames*,[1] que volvió con Pelte. Éste, naturalmente, lo negó todo.

—Me está calumniando —exclamó—. Quiere deshacerse de mí y quedarse con mi dinero. Lanzó un hechizo como para que se llenase el sótano de agua. Yo bajé a coger un trozo de cuerda y casi me ahogo. Además, ha traído una plaga de ratones.

Pelte declaró bajo juramento que Zlateh silbaba de noche en la cama, y que en cuanto comenzaba el silbido empezaban a salir ratones por todos los agujeros. Se señaló una cicatriz sobre la ceja y dijo que un ratón le había mordido allí. Cuando el rabino vio con lo que tenía que entendérselas, dijo:

—Seguid mi consejo y divorciaros. Será mejor para los dos.

—El rabino tiene razón —dijo Zlateh—. Yo estoy dispuesta a hacerlo ahora mismo, pero me tiene que hacer donación de la mitad de sus bienes.

—¡No te daré ni un céntimo! —gritó Pelte—. Es más, tú tendrás que pagarme una indemnización.

[1] *Shames*, en yiddish, asistente personal de un rabino. *(N. del E.)*

Levantó el bastón y quiso pegarle. Fue contenido con dificultad. Cuando el rabino comprendió que no llegaría a ninguna parte en aquel caso, dijo:

—Marchaos y dejadme con mis estudios.

Y los dos se marcharon.

Desde aquel momento, la ciudad no conoció descanso. Resultaba estremecedor pasar por delante de su casa. Los postigos estaban siempre cerrados, incluso durante el día. Zlateh dejó de vender pescado, y no hacían más que pelearse. Zlateh era una mujer gigantesca. Solía ir a los estanques y ayudaba a tender las redes. Se levantaba en medio de la noche, y aun en las peores heladas jamás utilizaba estufa. «No me llevará el diablo —decía—. Nunca tengo frío.» Y ahora, estaba súbitamente envejecida. Su rostro estaba arrugado y oscurecido como el de una anciana de setenta años. Empezó a acudir a las casas de los demás en busca de consejo. Una vez, se dirigió a mi madre, que en paz descanse, y le rogó que la dejara pasar la noche en casa. Mi madre la miró como si pensara que se había vuelto loca.

—¿Qué ha ocurrido? —preguntó.

—Le tengo miedo —contestó Zlateh—. Quiere deshacerse de mí. Produce vientos en la casa.

Dijo que, aunque las ventanas estaban tapadas por fuera con barro y por dentro con paja, en su dormitorio soplaban vientos fortísimos. Juró también que su cama se levantaba bajo ella y que Pelte pasaba la mitad de las noches en el retrete, si me permitís la expresión.

—¿Qué hace allí tanto tiempo? —preguntó mi madre.

—Tiene una amante allí —dijo Zlateh.

Dio la casualidad de que yo estaba en la alcoba y lo oí.

Pelte debía de haber tenido tratos con las Impuras. Mi madre se estremeció.

—Escúchame, Zlateh —dijo—, dale las «doce líneas» y márchate a vivir tu vida. Ni aunque me dieran mi peso en oro viviría yo bajo el mismo techo que alguien así.

Pero una cosaca nunca cambia.

—No se librará de mí tan fácilmente —dijo Zlateh—. Tendrá que darme una indemnización.

Al final, mi madre le preparó una cama sobre un banco. No pegamos ojo aquella noche. Antes de que amaneciera, Zlateh se levantó y se marchó. Mi madre no pudo dormirse de nuevo y encendió una vela en la cocina.

—¿Sabes una cosa? —me dijo—. Tengo el presentimiento de que no saldrá viva de sus manos. Bueno, no será una pérdida muy grande.

Pero Zlateh no era Finkl. No renunciaba tan fácilmente, como vais a oír muy pronto.

III

¿Qué hizo? No lo sé. La gente contaba toda clase de historias, pero no se puede creer todo lo que se oye. Había en la ciudad una vieja campesina que se llamaba Cunegunda. Debía de tener cien años, o tal vez más. Todo el mundo sabía que era una bruja. Tenía la cara cubierta de verrugas y andaba casi a cuatro patas. Su choza estaba a un extremo de la ciudad, sobre la arena, y estaba llena de toda clase de sabandijas. Los pájaros entraban y salían volando por las ventanas. Había allí un hedor insoportable. Pero Zlateh empezó a visitarla con frecuencia y a menudo se pasaba allí días enteros. La mujer sabía echar la cera. Si un aldeano estaba enfermo acudía a ella, que vertía cera fundida, la cual formaba toda clase de extrañas figuras y mostraba de dónde procedía la enfermedad... aunque servía de muy poco.

Como iba diciendo, la gente de la ciudad murmuraba que esta Cunegunda enseñó un hechizo a Zlateh. Sea como fuere, el caso es que Pelte se convirtió en un hombre completamente distinto, suave como la manteca. Ella quería que le pusiera la casa a su nombre, así que él alquiló un tiro de caballos y fue a la ciudad a registrar la transferencia. Luego, Zlateh empezó a entremeterse en sus negocios. Ahora, era ella quien, los jueves, recorría la ciudad con el libro de las rentas y los intereses. Preguntaba enseguida por las ganancias. Los comerciantes clamaban que estaban perdiendo hasta la camisa, de modo que ella decía: «En ese caso, podéis salir a mendigar.» Se convocó una reunión y fue llamado Pelte. Se hallaba tan débil que apenas podía andar. Estaba completamente sordo.

—No puedo hacer nada —dijo—. Todo le pertenece a ella. Si quiere, puede echarme de la casa.

Claro que lo quería, pero aún no le había traspasado todos sus bienes. Pelte regateaba todavía con ella. Los vecinos decían que le estaba dejando morirse de hambre. Solía entrar en las casas a pedir un pedazo de pan. Le temblaban las manos. Algunos se alegraban; estaba siendo castigado por lo que había hecho a Finkl. Otros alegaban que Zlateh arruinaría a la ciudad. No es cosa baladí que semejante riqueza vaya a parar a manos de una fiera así. Empezó a edificar y a excavar. Hizo venir artesanos de Yanoy, y empezaron a medir las calles. Se puso una peluca con peinetas de plata, y llevaba un bolso y una sombrilla, como una verdadera aristócrata. Irrumpía en las casas a primera hora de la mañana, antes de que estuvieran hechas las camas, y daba puñetazos sobre las mesas y gritaba: «¡Os echaré a todos con vuestras inmundicias! ¡Os haré encerrar en la cárcel de Yanov! ¡Os convertiré en mendigos!» Las pobres gentes trataban de halagarla para congraciarse con ella, pero ni siquiera les escuchaba. Entonces, empezaron a comprender que no es prudente desear un nuevo rey.

Una tarde, se abrió la puerta del asilo, y entró Pelte, vestido como un mendigo. El encargado de la casa palideció.

—Reb Pelte —exclamó—, ¿qué vienes a hacer aquí?

—He venido a quedarme —respondió Pelte—. Mi mujer me ha echado de casa.

Resultaba que Pelte había transferido todas sus posesiones a Zlateh y, entonces, ella le había echado.

—Pero, ¿cómo se puede hacer una cosa así? —le dijeron.

—No me preguntéis —respondió él—. Ha dado buena cuenta de mí. Apenas he podido salir con vida.

Se alzó un irritado murmullo. Alguien increpó a Pelte.

—Por si no tuvieran ya bastante los ricos, ahora vienen a quitarles el pan a los pobres —exclamaron.

Otros fingieron simpatía. Al final, le dieron a Pelte un haz de paja, que él extendió en un rincón, acostándose encima. Toda la ciudad acudió a ver el espectáculo. Yo era curiosa y fui a ver. Pelte estaba sentado en el suelo con aire apesadumbrado y miraba fijamente a todos con sus abultados ojos.

—¿Por qué estás aquí, Reb Pelte? ¿Qué ha sido de todo tu poder?

Al principio, él no respondía nada, como si estuvieran hablando a otro. Luego, dijo:

—Todavía no ha terminado ella conmigo.

—¿Qué le vas a hacer? —se mofaron los mendigos.

Se reían abiertamente de él. Pero no os precipitéis en vuestras conclusiones. Ya conocéis el refrán: «Reirá mejor quien ría el último.»

Durante varias semanas, Zlateh fue un verdadero demonio. Revolvió la ciudad entera. En medio de la plaza del mercado, cerca de los puestos de venta, hizo cavar un hoyo y contrató hombres para mezclar la cal. Se llevaron maderos y fueron apilados montones de ladrillos, de modo que nadie podía pasar. Fueron derribadas las casas, y llegó un notario de Yanov para hacer el inventario de las posesiones de todos sus inquilinos. Zlateh compró un coche y un tronco de briosos caballos y salía a pasear en él todas las tardes. Empezó a llevar zapatos de afiladas puntas y a dejarse crecer los cabellos. Empezó también a frecuentar la compañía de los *goyim* de las calles cristianas. Compró también dos malcarados perros, asesinos por naturaleza, de suerte que era peligroso pasar por delante de su casa. Dejó de vender pescado. ¿Qué necesidad de ello tenía ya? Pero, por la fuerza de la costumbre, tenía que tener pescado a su alrededor, así que llenó de agua las bañeras de su casa y las atestó de carpas y lucios. Llenó asimismo una bañera grande de peces *treif*,[2] langostas, ranas y anguilas. En la ciudad se rumoreaba que se convertiría en apóstata cualquier día. Decían algunos que en la fiesta de Pesach el sacerdote tendría que ir a su casa para rociarla con

---

[2] *Treif*: término que se usa para definir a la comida que no es kosher, es decir a los alimentos que no están de acuerdo con las leyes alimentarias judías. *(N. del E.)*

agua bendita. La gente temía que pudiera denunciar a la comunidad... Una persona así es *capaz* de cualquier cosa.

Y un día, de pronto, acudió corriendo al rabino.

—Rabí —dijo—, manda llamar a Pelte. Quiero divorciarme.

—¿Para qué quieres el divorcio? —le preguntó el rabino—. ¿Quieres volver a casarte?

—No lo sé —respondió ella—. Quizá sí, quizá no. Pero no quiero ser la mujer de un mataesposas. Estoy dispuesta a compensarle con algo.

El rabino hizo llamar a Pelte, y éste llegó arrastrándose. Toda la ciudad se congregó ante la casa del rabino. El pobre Pelte accedió a todo. Las manos le temblaban como si estuviera poseído por la fiebre. Reb Moisés, el escriba, tomó asiento para redactar el acta de divorcio. Le recuerdo como si todo esto hubiera ocurrido ayer. Era un hombrecillo pequeño y tenía un tic. Rayó el papel con su cortaplumas y luego se secó la péñola en la coronilla. Se instruyó a los testigos sobre cómo debían firmar el divorcio. Mi marido, que en paz descanse, fue uno de los testigos porque tenía muy buena letra. Zlateh estaba cómodamente repantigada en una silla y chupaba caramelos. ¡Ah! Olvidaba mencionarlo: puso doscientos rublos sobre la mesa. Pelte los reconoció, había tenido la costumbre de marcar su dinero. El rabino ordenó silencio, pero Zlateh alardeó ante las mujeres que estaba considerando la posibilidad de casarse con un «poseedor», pero que «mientras el Mataesposas sea mi marido no estoy segura de seguir viva». Al decir esto, se echaron a reír tan fuerte que la oyeron todos los que estaban fuera.

Cuando todo estuvo listo, el rabino empezó a interrogar a la pareja. Todavía recuerdo sus palabras.

—Óyeme, Paltiel, hijo de Schneour Zalman —ése era el nombre con que Pelte era convocado a la lectura de la Torá—, ¿quieres divorciarte de tu mujer? —dijo algo más, tomado del Gemorra, pero no puedo recordarlo exactamente—. Di «sí» —ordenó a Pelte—. Di «sí» una vez, no dos veces.

Pelte dijo «sí». Apenas le pudimos oír.

—Óyeme, Zlateh Golde, hija de Yehudá Treitel, ¿quieres divorciarte de tu marido, Paltiel?

—¡Sí! —gritó Zlateh,

Y al decirlo, se tambaleó y cayó al suelo desmayada.

Lo vi con mis propios ojos y os estoy diciendo la verdad; sentí que me estallaba la cabeza. Creí que yo también iba a desplomarme. Se produjo gran alboroto y conmoción. Todo el mundo se adelantó para reanimarla. Echaron agua sobre ella, la pincharon con alfileres, la frotaron con vinagre y la tiraron del pelo. Acudió presuroso Azriel, el curandero, y le aplicó ventosas. Todavía respiraba, pero ya no era la misma Zlateh de antes. Dios nos proteja. Su boca estaba torcida hacia un lado y le caía la saliva; tenía los ojos vueltos y su nariz estaba blanca, como la de un cadáver. Las mujeres que estaban junto a ella oyeron su murmullo.

—¡El mataesposas! ¡Me ha vencido!

Ésas fueron sus últimas palabras.

En el funeral casi se produjo un tumulto. Ahora, Pelte volvía a ser el mismo de antes. Además de sus bienes, tenía también las riquezas de ella. Sólo sus joyas valían una fortuna. Los encargados de la funeraria pedían una suma enorme, pero Pelte no accedió. Gritaron, le exhortaron, le insultaron. Lo amenazaron con la excomunión. ¡Como si le hablaran a una pared!

—No daré ni un céntimo —dijo—. Dejadla que se pudra.

Así lo habrían hecho ellos por su gusto, pero era verano, hacía mucho calor y la gente temía una epidemia. Unas cuantas mujeres realizaron los ritos… ¿Qué otra elección cabía? Los portadores se negaron a llevarla, por lo que se alquiló una carreta. Fue enterrada al lado de la tapia, entre los abortos. Sin embargo, Pelte dijo un *kaddish*[3] tras ella, eso es lo que hizo.

A partir de entonces, el mataesposas permaneció solo. La gente le tenía miedo y evitaba pasar junto a su casa. Las madres de las mujeres embarazadas no les permitían pronunciar su nombre, a menos que se pusieran primero dos delantales. Los muchachos *cheder*[4] se tocaban los flecos antes de mencionar su nombre. Y no resultó nada de todas las construcciones y reformas que había emprendido. Se llevaron los ladrillos y fue robada la cal. Desapareció el coche y el tronco de caballos; debió de venderlos. Fue vaciada el agua de las bañeras, y los peces murieron. En la casa había una jaula con un loro. «Tengo hambre», graznaba —sabía hablar en yiddish—, hasta que murió de inanición. Pelte hizo clavar los postigos de las ventanas y nunca más volvió a abrirlos. Ni siquiera salía a recaudar el dinero de los comerciantes. Se pasaba todo el día echado en su banco, roncando o, simplemente, dormitando. Por la noche salía a recoger astillas. Una vez a la semana le

[3] *Kaddish* es un término coloquial para referirse específicamente a una breve oración conocida precisamente como Kaddish del doliente. *(N. del E.)*

[4] *Cheder*: se denomina así a una escuela elemental tradicional, en la que se enseñan los principios del judaísmo y de la lengua hebrea. *(N. del E.)*

enviaban de la panadería dos hogazas, y la mujer del panadero le compraba cebollas, ajos, rábanos y, en cierta ocasión, un pedazo de queso seco. Nunca comía carne. Nunca iba a la sinagoga los sábados. No había ninguna escoba en su casa, y se iba amontonando la suciedad. Correteaban durante el día los ratones, y de las vigas colgaban telas de araña. Empezó a hacer agua el tejado, y no fue reparado. Las paredes se iban hundiendo y desmoronando. De vez en cuando, se rumoreaba que las cosas no le iban bien al mataesposas, que estaba enfermo o agonizante. Los de la funeraria se frotaban las manos. Pero nada sucedía. Sobrevivía a todos. Vivía tanto tiempo que la gente de Turbin empezó a insinuar que quizá no muriera jamás. Tal vez poseía alguna clave especial de bendición, o el Ángel de la Muerte le había olvidado. Todo podía ser.

Quedad tranquilos, que no había sido olvidado por el Ángel de la Muerte. Pero cuando sucedió aquello, yo ya no estaba en Turbin. Él debía de tener cien años, quizá más. Después del funeral, fue registrada de arriba abajo toda su casa, pero no se encontró nada de valor. El oro y la plata habían desaparecido. El dinero y los billetes se convertían en polvo en cuanto el más ligero aire les tocaba. Todo se había convertido en montones de cascotes. El mataesposas había sobrevivido a todo: a sus mujeres, sus enemigos, su dinero, sus propiedades, su generación. Lo único que quedaba tras él —Dios me perdone por decirlo— era un montón de polvo.

A LA LUZ DE LAS VELAS CONMEMORATIVAS

I

El frío se iba haciendo más intenso a medida que aumentaba la oscuridad. En la casa de estudio, aunque había sido encendido el hornillo, los cristales de las ventanas estaban cubiertos de escarcha y había carámbanos colgando de los marcos. El encargado había apagado las lámparas de aceite, pero dos velas conmemorativas, una larga y otra corta, continuaban ardiendo en la menorá de la pared oriental. La corta, que estaba ardiendo desde el día anterior, había aumentado de grosor por efecto del sebo fundido. Se dice que por las velas conmemorativas puede saberse el destino de aquellos en cuya memoria han sido encendidas; las llamas oscilan y chisporrotean cuando el alma del fallecido no ha encontrado la paz. Y cuando las llamas tiemblan, parece temblar también todo lo demás: los postes de la mesa de lectura, las vigas que sostienen el techo, los candelabros en sus cadenas y hasta el Arca Santa, con tallas de tablas y leones. En verano, una mosca o una polilla, al caer sobre el pabilo, puede hacer parpadear la llama, pero no hay moscas ni polillas en invierno.

Sobre los bancos situados ante los tres lados del horno, se hallaban los mendigos vagabundos que dormían allí por la noche. Pero esta vez, aunque era pasada la medianoche, ninguno podía conciliar el sueño. Uno de ellos, un hombrecillo pecoso, de pelo color de paja, barba roja y ojos irritados, se cortaba las uñas de los pies con una navaja. Otro, de rostro carnoso, cabellos blancos y rizados que parecían virutas de madera sobre su enorme cabeza, secaba los harapos con que se envolvía los pies. Un hombre alto, sucio como una pala de fogonero, asaba patatas, mientras las encendidas brasas proyectaban sobre él su fulgor. Un hombre de rostro fosco y picado de viruelas, con un tumor sobre la frente y una barba que parecía de algodón sucio, yacía inmóvil, como paralizado, con los ojos fijos sobre la pared.

El hombre de la cabeza enorme habló, escupiendo las palabras como si tuviese la lengua hinchada. Dijo:

—¿Cómo podéis decir cuándo ha estado ya casado un hombre? Si yo digo que soy soltero todavía, ¿quién puede decir que no?

—Bueno, y si eres soltero, ¿qué? —respondió el hombre de pelo rojo—. ¿Te figuras que el hombre más importante de la ciudad casará contigo a su hija? Eres un vagabundo y lo seguirás siendo; no hay escape. Continuarás vagando por el país con tu hatillo de mendigo; igual que yo, por ejemplo. Yo era antes un artesano, guarnicionero; hacía sillas de montar para la nobleza. Pero cuando murió mi mujer ya no pude trabajar más. Me sentía desasosegado y tuve que echarme a los caminos.

Con dedos que ya no reaccionaban al fuego, el hombre alto hizo rodar una patata sobre los carbones encendidos y después la sacó.

—¿Quiere alguien un pedazo? Yo trabajaría si pudiera encontrar en qué. Pero nadie necesita ya tallistas. Antes, todo lo hacía el tallista: joyeros, recipientes sagrados, cajas para el libro de Ester. Yo tallaba puertas de armarios, cabeceras de camas, paneles de puertas. Una vez me invitaron a una ciudad a tallar un Arca Santa para la sinagoga. De todo el país acudió gente a verla. Estuve allí dos años. Pero hoy se compran las cosas hechas, con unos cuantos adornos puestos de cualquier manera. No fui yo sino mi padre, que en paz descanse, quien quiso que yo fuese tallista. Desde cinco generaciones atrás, era la nuestra una familia de tallistas. Pero, ¿de qué sirve? Es un oficio a extinguir. Bueno, no quedó más remedio que ponerse a mendigar.

Pasó un rato sin que nadie hablase. El mendigo de la barba roja, después de cortar la última uña, envolvió en un trozo de papel los pedazos, juntamente con dos pequeñas astillas del banco, y los echó al fuego. El día del juicio las dos astillas serían testigos de que no había profanado ninguna parte de su cuerpo tirándola a la basura. Luego, se quedó mirando al mendigo del tumor.

—¡Eh, tú, cómo te llamas! ¿Cómo has venido a parar a esto?

El hombre del tumor no respondió.

—¿Qué te pasa? ¿Eres mudo?

—No soy mudo.

—Entonces, ¿por qué no hablas? ¿Es que cuesta dinero?

—Si uno es callado, es callado.

—Para él —observó el tallista—, una palabra es como una moneda de oro.

El mendigo de la barba roja empezó a afilar su navaja sobre un borde del horno.

—¿Estarás aquí para el Sabbath?

—Desde luego.

—Entonces podemos hablar más adelante. Hace frío, ¿eh? Se están resquebrajando los tejados. He oído decir que toda la siembra del invierno se ha helado bajo la nieve. Eso quiere decir que habrá hambre.

—¡Oh! ¡Lo que no diga la gente! Nunca hace frío debajo de la nieve. Antes incluso de que el grano haya prendido en la tierra, ya lo han vendido los propietarios. Son los mercaderes de grano los que pierden.

—¿Qué es lo que pierden? Cuando la cosecha es mala, los precios suben, y eso hace que los beneficios sean aún mayores. Los pobres son siempre los que más sufren.

—Bueno, ¿qué esperabas? No todos pueden ser ricos. Alguien tiene que ser pobre también —arguyó el de la barba roja—. Pero debe ser compadecido el hombre condenado a ser pobre, no cabe duda. No es que a mí me importe pasar hambre entre semana. Pero si el sábado te recibe un avaro en su casa, ¡malo! Pasas hambre toda la semana. En el sitio de donde yo vengo, los guisos del sábado son grandes y suculentos. Pero aquí todo es pequeño, hasta el budín.

El hombre del tumor se tornó súbitamente comunicativo.

—De todos modos, uno no se muere de hambre, comas mucho o comas poco. El estómago se estira, como suelen decir. Yo me siento satisfecho con que me den un pedazo de pan y una cebolla.

—No puede uno llegar muy lejos con pan y cebolla.

El hombre del tumor se incorporó.

—Basta con que empieces a mover los pies, y ellos hacen el resto. Cuando estás en casa haces lo que quieres, pero en cuanto te has marchado de ella tienes que mantenerte en movimiento. Hoy en una ciudad, mañana en otra. Un día aquí, una noche allá. ¿Quién te vigila? Yo antes ganaba mucho dinero. Tenía un oficio para el que siempre hay demanda. Soy de Tsivkev, y yo era allí el sepulturero. Tal vez sea un pueblo pequeño, pero en todas partes la gente se muere. Había una sociedad de entierros en nuestra ciudad, pero sus miembros estaban toda la semana ocupados en los pueblos comprando pelo de cerdo a los campesinos para hacer brochas. Todo estaba a mi cargo. Yo tenía que lavar los cadáveres y coser las mortajas. Vivía en una choza enfrente del cementerio. Mi mujer enfermó. Un día, comprendí que no tardaría en morir. Tomó un poco de sopa y, luego, terminó todo. Habíamos vivido juntos durante cuarenta años, como una pareja de tórtolos. Y, de pronto, ella caía enferma y moría. La enterré con mis propias manos. La gente odia al sepulturero. ¿Qué hay que reprocharle? Yo no deseaba causar daño a nadie. Por mí, la gente podía vivir eternamente. Pero así son las cosas. Bueno, cuando murió mi mujer, yo mismo tuve que enterrarla.

»Dicen que los muertos vagan de noche por el cementerio. Uno ha oído hablar del fantasma de tal o cual persona, de fuegos fatuos, de espectros. Pero yo fui sepulturero durante treinta años y no vi nada. Entraba en la sinagoga en medio de la noche, pero jamás me llamó ninguna voz a la mesa de lectura. Una vez que mueres, todo ha terminado. Aunque exista un más allá, un cadáver no es más que un montón de carne y huesos.

»De vez en vez, cuando moría un forastero en nuestra ciudad, su cadáver era dejado en la sala de lavado durante la noche. Como yo era el guardián, encendía dos velas a su cabeza y cantaba salmos. Pero, ¿cuánto tiempo puede uno cantar salmos? Se me empezaban a cerrar los párpados; me tendía sobre el banco y dormitaba. El viento apagaba las velas, y yo me quedaba en la oscuridad a solas con el cadáver. Una vez se me olvidó llevar la almohada rellena de heno que solía utilizar. No podía volver a casa porque estaba lloviendo y, además, no quería despertar a mi mujer, así que, perdonadme que lo diga, cogí el cadáver y me lo puse debajo de la cabeza. Tan cierto como que estoy ahora en la sinagoga, no miento.

—No hay nadie que pueda hacer eso —dijo el hombre de la barba roja.

—Yo me habría vuelto loco de miedo —dijo el mendigo de ojos de ternera y cabeza enorme.

—No se vuelve uno loco tan fácilmente. ¿Tendrías miedo de un pato degollado? Un cadáver es como un pato muerto. ¿Para qué creéis que necesita ser velado el cadáver? Para mantener alejados a los ratones.

»Como ya he dicho, yo andaba bien de dinero. Pero al morir mi mujer me sentí solo. No teníamos hijos. Los casamenteros me hicieron algunas sugerencias, pero ¿cómo puede uno permitir que una extraña ocupe el lugar de una mujer con la que se ha vivido tantos años? Quizás otros pueden; yo, no. Me pasaba todo el día mirando su tumba. Una vez, el casamentero envió una mujer a la choza. Empezó a barrer el suelo. Se esperaba que yo la encontrase adecuada, pero en cuanto la vi coger la escoba sentí náuseas y la despedí. Permaneciendo viudo desde entonces, he aprendido a cocer patatas con su piel. Incluso empecé a hacerme pan en el horno las mañanas de los viernes. Pero cuando no se tiene esposa no hay con quién hablar. Sí, me sentía solo, pero tenía dinero. Podía incluso dar limosnas a los pobres. La caridad, hermanos míos, es la mejor de las acciones.

II

—Entonces, ¿por qué te convertiste en vagabundo? —preguntó el hombre de la barba roja.

—No te precipites: la prisa no conduce a ninguna parte. Ya he dicho que no hay nada que temer de un cadáver. Pero escuchad lo que ocurrió. Hace unos cinco años hubo una epidemia en nuestra comarca. Todos los años, especialmente en otoño, sobrevienen epidemias que matan a los niños. Mueren como moscas, afectados de viruela, sarampión, escarlatina y difteria. Una vez enterré a ocho niños en un solo día. No es un trabajo duro. No se necesitan mortajas, basta con una túnica de algodón; se abre una fosa poco honda… y ya está. Tampoco el lavado supone mucho. Las madres lloran y se lamentan, claro, pero es que son así. Mas en esa ocasión fueron los mayores los atacados por la epidemia, el cólera. Tenían calambres en las piernas; frotárselas con alcohol no servía de nada. Se veían atacados por vómitos, diarrea… los síntomas habituales. Hasta el curandero-barbero cayó enfermo y murió. El hombre que intentó ir a buscar al médico de Zamosc se vio acometido por calambres en el camino y murió cuando llegaba a la posada. Sí, el ángel de la muerte segaba su mies.

»Quedé solamente yo a cargo de la sociedad de entierros, porque los demás miembros de la misma estaban demasiado asustados para volver a la ciudad. En compañía de un mudo iba de casa en casa en busca de cadáveres y me los llevaba inmediatamente, porque la mayoría de nuestras familias viven en una sola habitación y no se pueden dejar mezclados a los muertos con los enfermos. Fue una mala época. Como había que limpiar los cuerpos y hacerles a cada uno su mortaja, no podían ser enterrados el mismo día. La sala de lavado estaba llena de cadáveres. Por la noche, encendía las velas y me sentaba a recitar salmos. Una noche hubo nueve cadáveres, cinco hombres y cuatro mujeres. Estaban apenas cubiertos por las sábanas. Cuando hay epidemia todo anda patas arriba.

»¿Y sabéis que los que mueren de cólera tienen gestos extraños en sus rostros? Tuve que atar con un pañuelo, la mandíbula de un joven que parecía estarse riendo. Pero siguió riendo. Había una mujer que parecía como si estuviese gritando. Lo que pasaba era que solía gritar mucho cuando estaba viva.

»Los cadáveres son fríos, pero los que mueren de cólera continúan calientes. Su frente quema cuando se la toca. Otras noches, yo solía dormitar un poco, pero aquella noche no pegué ojo.

»Dicen que un sepulturero no tiene compasión. Bobadas. Mi corazón se apiada enternecido de los jóvenes. ¿Por qué tenían que ser interrumpidas sus vidas? Afuera, llovía intensamente. Aunque estábamos ya en el mes de Cheshvan, había relámpagos y truenos, igual que en verano. El cielo se deshacía en agua. Las tumbas que yo había cavado estaban inundadas.

»Había entre los cadáveres el de una muchacha de diecisiete años, la hija de un zapatero, una muchacha ya prometida. Su padre, Zellig, era el que solía remendar mis botas. Tenía tres hijos, pero la adoraba a ella, pues era su única hija. Mas había caído enferma toda la familia, y yo no podía dejar el cadáver en su casa. Antes de llevármela, le acerqué una pluma a la nariz, pero no se movió. Sus mejillas continuaban rojas, pero, como ya os he dicho, los que mueren de cólera conservan el mismo color que de vivos. "Padre del cielo —alegué—, ¿por qué se merecen esto? Los padres tienen que esperar largos años para disfrutar de sus hijos, y antes de que puedan darse cuenta el baile ha terminado."

»Mientras entonaba los salmos, la tela que cubría a la muchacha pareció moverse. Pensé que era la imaginación mía; los cadáveres no se mueven. Volví a entonar los salmos, y de nuevo se agitó la tela. Ya debéis haber comprendido que yo no soy un hombre que se asuste fácilmente; sin embargo, un escalofrío recorrió mi espina dorsal. Razoné conmigo mismo: un ratón o una mofeta deben de estar estirando del saco. Pero precisamente en aquel momento el saco cayó al suelo. El cadáver levantó la cabeza, y oí su voz entrecortada: "¡Agua, agua!" Eso es lo que dijo.

»Ahora sé que me porté como un necio; ella estaba viva todavía. Los muertos no tienen sed. Debía de estar en eso que llaman trance cataléptico. Pero entonces quedé tan aterrorizado que salí corriendo de la sala de lavado pidiendo socorro a grandes voces. Corría tan de prisa que casi me rompo las piernas. Seguí gritando, pero nadie me oyó. El cementerio estaba lejos de la ciudad, y la lluvia continuaba cayendo. Grité "Óyeme, Israel", y todo lo que me vino a las mientes. Llegué hasta la ciudad, pero todo el mundo tenía miedo de abrirme cuando yo golpeaba los postigos. Supongo que pensaban que me había vuelto loco. Finalmente, se despertaron unos cuantos carniceros y varios cocheros y vinieron conmigo provistos de linternas. Mientras nos dirigíamos al cementerio me gastaban bromas. "Getz —decían; mi nombre es Getz—, deberías avergonzarte de ti mismo. Es solamente el miedo lo que te hace ver cosas. La gente se va a reír de ti." Aunque se hacían los valientes, ellos tampoco las tenían todas consigo.

»En nuestra ciudad se inundan las cunetas cuando llueve. Las vadeábamos con agua hasta las rodillas. No es demasiado prudente coger un resfriado en tiempo de epidemia. Estábamos empapados.

»Al entrar en la sala de lavado encontramos a la muchacha tendida, con los brazos abiertos y sin nada encima. La frotaron, la sacudieron, le pegaron, pero estaba ya realmente muerta. Empezaron a reírse de mí y a reprenderme. Los carniceros siempre serán carniceros. Juré que la muchacha había estado cubierta con un saco y que lo había tirado al suelo al tratar de incorporarse, pero me dijeron que sólo habían sido figuraciones mías. Uno lo llamó espejismo, otro visión, sueño. Yo junté los brazos y las piernas de la muchacha, la cubrí con el saco y volví a entonar salmos. Pero ahora tenía los nervios desquiciados. Mi corazón batía como un tambor. Eché un trago de whisky de una botella que tenía a mano, pero no sirvió de nada. Tenía un ojo puesto en los salmos y el otro en los cadáveres. Si una cosa como aquella podía suceder, ¿cómo podía uno estar seguro de nada? El viento trataba de apagar las velas. Yo tenía conmigo una caja de cerillas y no quería quedarme a oscuras ni un momento tan sólo. Me sentía aliviado cuando amaneció.

»Olvidaba mencionar que no dijimos nada de esto a los padres de la muchacha, pues se habrían sentido horrorizados.

Y, ¿quién sabe?, tal vez hubiera podido ser salvada. Pero era demasiado tarde. Al día siguiente, yo estaba dispuesto a marcharme de la ciudad, pero no puede uno marcharse en medio de una epidemia. Ya no quería velar solo a los cadáveres, así que alquilé al mudo para que me hiciese compañía. Cierto que pasaba todo el tiempo durmiendo, pero por lo menos era un ser humano.

»A partir de entonces, cada tumba que cavaba, cada cadáver que limpiaba, me producían terror. Seguía pensando en aquella muchacha levantando la cabeza y murmurando: "¡Agua, agua!". Cuando dormía, se me aparecía en sueños. Se me ocurrían toda clase de ideas. ¿Quién sabe? Tal vez no era ella la única. Quizás otros cuerpos se habían despertado en sus tumbas. Lamentaba haber enterrado a mi mujer el mismo día que murió. Nunca hasta entonces había tenido miedo de mirar cara a cara a un cadáver. Dicen que olvida uno todo lo que sabe al mirar a la cara de un cadáver; pero ¿qué sabía yo? ¡Nada! Y, entonces, cuando me traían un cadáver, no lo miraba. Siempre parecía que el cadáver estaba parpadeando, tratando inútilmente de decir algo. Entretanto, el invierno silbaba y aullaba en el exterior, como siete brujas que se hubieran ahorcado. Y yo estaba solo, porque el mudo no había querido quedarse. Pero no le resultaba fácil a uno dejar un empleo. Por las noches me pasaba todo el tiempo dando vueltas en la cama, incapaz por completo de dormir.

»Una noche sentí un cosquilleo en el oído, no desde fuera, sino dentro. Desperté y oí a mi mujer. Cuchicheó: "¡Getz!" Debí de soñarlo; los muertos no hablan. Pero el oído es muy delicado. Puedo aguantar toda clase de dolores, pero no el más mínimo cosquilleo en el oído. El oído, como sabéis, está cerca del cerebro. Había cesado el viento. Y ahora os diré algo. Encendí una vela y me vestí. Llené un saco con ropa blanca, un abrigo y una barra de pan y me marché en medio de la noche sin despedirme de nadie. La ciudad me debía un mes de paga, pero no importó. Ni siquiera quise despedirme de la tumba de mi mujer. Lo dejé todo y desaparecí.

—¿Sin dinero?

—Tenía unos cuantos rublos en una bolsa.

—¿Asustado? —preguntó el hombre de la barba roja.

—No asustado, sino trastornado. Quise hacerme comerciante, pero no podía concentrarme en los negocios. A fin de cuentas, ¿qué es lo que necesita un hombre? Una rebanada de pan y un vaso de agua. La gente es buena con uno.

—¿Y tu oído? ¿Llama todavía tu mujer?

—No llama nadie. Mi oído está tapado con algodón.

—¿Por qué algodón?

—Para no coger un resfriado. No hay otra razón.

Los mendigos callaron. En el silencio se oía el susurro de las brasas en el horno. El primero en hablar fue el mendigo de la cabeza enorme.

—Si me hubiera pasado a mí me habría caído muerto.

—Si estás destinado a vivir, vives.

—Quizá era tu mujer, después de todo —dijo el tallista.

—Y quizá tú seas el rabino de Lublín —replicó el sepulturero.

—Tal vez quería decirte algo —intervino el hombre de la barba roja.

—¿Qué podía querer decirme? Nunca tomó a otro en su lugar.

La llama de la vela corta tembló un instante y se apagó. Se adensaron las sombras en la casa de estudio. Un olor a sebo y a mecha quemada llegó desde la menorá situada en la pared oriental. Lenta y silenciosamente, los mendigos se tendieron sobre los bancos.

EL ESPEJO

I

Existe una clase de red que es tan vieja como Matusalén, tan tenue y tan llena de agujeros como una tela de araña, y que, sin embargo, sigue conservando toda su fuerza. Cuando un demonio se cansa de perseguir días pasados o de describir círculos en las aspas de un molino de viento, puede instalarse en el interior de un espejo. Acecha allí como una araña en su tela, y es seguro que la mosca acabará cayendo. Dios ha dado vanidad a la mujer, particularmente a las ricas, las hermosas, las estériles, las jóvenes, que tienen mucho tiempo libre y poca compañía.

Yo descubrí una mujer de éstas en el pueblo de Krashnik. Su padre era comerciante de maderas; su marido llevaba los troncos hasta Danzig; la hierba crecía sobre la tumba de su madre. La hija vivía en una vieja casa, entre armarios de roble, arcones guarnecidos de cuero y libros encuadernados en seda. Tenía dos criadas, una vieja, que era sorda, y una joven que salía con un violinista. Las demás amas de casa de Krashnik llevaban botas de hombre, molían trigo, arrancaban plumas, guisaban comidas, parían hijos y asistían a funerales. No hace falta decir que Zirel, hermosa y bien educada —se había criado en Cracovia—, no tenía nada de qué hablar con sus vecinas. Y, así, prefería leer su libro de canciones alemanas y bordar en delicados tapices las figuras de Moisés y Séfora, David y Betsabé, Asuero y la reina Ester. Los bellos vestidos que su marido le había comprado colgaban en el armario. Sus perlas y sus diamantes yacían encerrados en su joyero. Nadie veía jamás sus batas de seda, sus enaguas de encajes ni sus rojos cabellos que estaban ocultos bajo la peluca, ni siquiera su marido. Porque, ¿cuándo podrían ser vistos? Ciertamente que no durante el día, y de noche todo está oscuro.

Pero Zirel tenía un desván que ella llamaba su tocador, en el que se hallaba colgado un espejo tan azul como el agua a punto de helarse. El espejo estaba rajado en el centro y lo rodeaba un marco de oro adornado con serpientes, follaje, rosas y víboras. Enfrente del espejo había un tapizado escabel y junto a él un sillón con brazos de marfil y un almohadillado asiento. ¿Qué cosa podía ser más agradable que sentarse desnuda en ese sillón, apoyar los pies en el escabel y contemplarse a sí misma? Zirel tenía mucho que mirar. Su piel era blanca como el raso, sus pechos tan turgentes como botas de vino, sus cabellos le caían sobre los hombros y sus piernas eran tan finas como las de un ciervo. Se pasaba horas interminables deleitándose en la contemplación de su belleza. La puerta se hallaba cerrada con llave y cerrojo, y ella imaginaba que se abría para dar paso a un príncipe, o a un cazador, o a un noble, o a un poeta. Pues todo lo oculto debe ser revelado, los secretos anhelos manifestados, los deseos amorosos delatados y todo lo sagrado debe ser profanado. Los cielos y la tierra conspiran para que todos los comienzos aboquen a un mal fin.

Bien, en cuanto tuve noticia de la existencia de esta deliciosa golosina decidí que había de ser mía. Lo único que se necesitaba era un poco de paciencia. Un día de verano, mientras ella estaba mirándose en el espejo; allí estaba yo, negro como la pez, largo como una pala, con orejas de burro, cuernos de carnero, boca de rana y barba de cabra. Mis ojos eran todo pupila. Se quedó tan sorprendida que olvidó asustarse. En vez de exclamar «¡Israel me salve!», soltó una carcajada.

—Pero ¡qué feo eres! —dijo.

—Pero ¡qué hermosa eres tú! —repliqué.

Ella se sintió complacida con mi cumplido.

—¿Quién eres? —preguntó.

—No temas —respondí—. Soy un duende, no un demonio. Mis dedos no tienen uñas, mi boca no tiene dientes, mis brazos se estiran como regaliz, mis cuernos son blandos como la cera. Mi poder radica en mi lengua. Soy bufón de oficio y he venido a consolarte porque estás sola.

—¿Dónde estabas antes?

—En el dormitorio, detrás de la estufa, donde chirría el grillo y susurra el ratón, entre una guirnalda seca y una marchita hoja de sauce.

—¿Qué hacías allí?

—Te miraba.

—¿Desde cuándo?

—Desde tu noche de bodas.

—¿Qué comías?

—La fragancia de tu cuerpo, el calor de tus cabellos, la luz de tus ojos, la tristeza de tu rostro.

—¡Oh, adulador! —exclamó ella—. ¿Quién eres tú? ¿Qué estás haciendo aquí? ¿De dónde vienes? ¿Cuál es tu misión?

Inventé una historia. Mi padre, dije, era un orfebre y mi madre un súcubo; ayuntaron sobre un rollo de cuerdas podridas en un sótano, y yo era su bastardo. Durante algún tiempo viví en una colonia de diablos de Monte Seir, donde habitaba en una topera. Pero cuando se supo que mi padre era humano fui expulsado. Desde entonces, había carecido de hogar. Las diablesas me rehuían porque les recordaba a los hijos de Adán; las hijas de Eva veían en mí a Satán. Los perros me ladraban, los niños lloraban al verme. ¿Por qué tenían miedo? Yo no hacía daño a nadie. Mi único deseo era contemplar a las mujeres hermosas…, contemplarlas y conversar con ellas.

—¿Por qué conversar? Las bellas no siempre son inteligentes.

—En el Paraíso, las inteligentes son los escabeles de las bellas.

—Mi profesor me enseñaba otra cosa.

—¿Qué sabía tu profesor? Los que escriben libros tienen sesos de mosquito; parlotean simplemente unos con otros. Cuando quieras saber algo, pregúntamelo a mí. La sabiduría no se extiende más allá del primer cielo. A partir de allí todo es concupiscencia. ¿Ignoras que los ángeles no tienen cabeza? Los serafines juegan en la arena como niños; los querubines no saben contar; los tronos rumian sus pensamientos ante el solio de Dios. El propio Dios es jovial. Se pasa el tiempo tirándole de la cola a Leviatán y dejándose lamer por el Gran Buey; o, si no, le hace cosquillas a Shekhinah, haciéndola poner miríadas de huevos todos los días, y cada huevo es una estrella.

—Ahora veo que te estás burlando de mí.

—Si no es verdad, que me salga un hueso en la nariz. Hace mucho tiempo que agoté mi cupo de mentiras. No tengo más remedio que decir la verdad.

—¿Puedes engendrar hijos?

—No, querida. Como la mula, yo soy el último de la línea. Pero eso no apaga mi deseo. Sólo me acuesto con mujeres casadas, pues las buenas acciones son mis pecados; mis oraciones son blasfemias; el rencor es mi pan; la arrogancia, mi vino; el orgullo, la médula de mis huesos. Sólo hay una cosa que puedo hacer además de charlar.

Esto la hizo reír. Luego dijo:

—Mi madre no me crió para que me prostituyera con un demonio. Márchate, o haré que te exorcicen.

—No te molestes —contesté—. Me iré. Nunca me impongo a nadie. *Auf Wiedersehen*.

Me desvanecí como la niebla.

II

Durante siete días Zirel no acudió a su tocador. Yo dormitaba dentro del espejo. La red había sido tendida; la víctima estaba preparada. Yo sabía que ella era curiosa. Bostezando, reflexioné sobre el paso siguiente a dar. ¿Seduciría a la hija de un rabino? ¿Privaría a un novio de su virilidad? ¿Obstruiría la chimenea de la sinagoga? ¿Convertiría en vinagre el vino del Sabbath? ¿Daría un mechón de pelo a una virgen? ¿Metería un cuerno de carnero en Rosh Hashana? ¿Volvería ronco a un chantre? A un duende nunca le faltan cosas que hacer, particularmente durante los Días de Temor, cuando hasta los peces tiemblan en el agua. Y, entonces, mientras yo soñaba en jugo de luna y simientes de pavo, ella entró. Se puso delante del espejo, pero yo no me mostré.

—Deben de haber sido imaginaciones mías —murmuró—. Seguramente estuve soñando despierta.

Se quitó su bata de noche y quedó desnuda. Yo sabía que su marido estaba en la ciudad y que había yacido con ella la noche anterior, aunque ella no había ido todavía al baño ritual, pero, como dice el Talmud, «la mujer prefiere tener una medida de lujuria que diez de modestia». Zirel, hija de Roize Glike, me echaba en falta, y en sus ojos se pintaba la tristeza. «Es mía, mía», pensé. El Ángel de la Muerte se alzaba enarbolando su cetro; un laborioso diablo se afanaba preparándole su caldera en el infierno; un pecador, ascendido a fogonero, recogía leña para el fuego. Todo estaba preparado: el montón de nieve y los carbones ardientes, el gancho para su lengua y las tenazas para sus pechos; el ratón que le comería el hígado y el gusano que devoraría su vejiga. Pero mi pequeño encanto no sospechaba nada. Se miraba el vientre, examinaba sus muslos, se observaba atentamente las puntas de los pies. ¿Leería su libro? ¿Se cortaría las uñas? ¿Peinaría sus cabellos? Su marido le había traído perfumes de Lenczyc, y olía a agua de rosas y a claveles. Le había regalado un collar de coral que le rodeaba el cuello. Pero, ¿qué es Eva sin una serpiente? ¿Y qué es Dios sin Lucifer? Zirel estaba llena de deseo. Como una meretriz, me llamaba con los ojos. Con labios temblorosos, pronunció un conjuro:

Blanda es la brisa, profunda la fosa, dulce gato negro, ven hasta mí. Fuerte es el león, mudo el pez, sal del silencio, y tómame.

Al pronunciar la última palabra, aparecí. Su rostro se iluminó.

—De modo que estás aquí...

—Me había marchado —dije—, pero he vuelto.

—¿Dónde estuviste?

—En el país de Nunca-Jamás. He estado en el palacio de Rahab, la prostituta, en el jardín de los pájaros dorados próximo al castillo de Asmodeo.

—¿Tan lejos?

—Si no me crees, joya mía, ven conmigo. Monta en mi espalda, agárrate a mis cuernos, y yo desplegué mis alas y volaremos juntos más allá de las cumbres de las montañas.

—Pero no llevo puesta ninguna ropa.

—Nadie se viste allí.

—Mi marido no tendrá ni idea de dónde estoy.

—Pronto lo sabrá.

—¿Es muy largo el viaje?

—Dura menos de un segundo.

—¿Cuándo volveré?

—Los que van allí no quieren volver.

—¿Qué haré allí?

—Te sentarás en el regazo de Asmodeo y trenzarás las hebras de su barba. Comerás almendras y beberás cerveza; por las noches bailarás para él. Llevarás cascabeles en los tobillos, y los diablos danzarán contigo.

—¿Y después de eso?

—Si agradas a mi señor, serás suya. Si no, uno de sus esbirros se ocupará de ti.

—¿Y por la mañana?

—No hay mañanas allí.

—¿Te quedarás tú conmigo?

—Por tu causa tal vez me diesen un hueso para que lo chupara.

—Pobre diablillo, me das pena, pero no puedo ir. Tengo un marido y un padre. Tengo oro y plata y vestidos y pieles. Mis tacones son los más altos de Krashnik.

—Bueno; entonces, adiós.

—No te vayas tan de prisa. ¿Qué tengo que hacer?

—Ahora te muestras razonable. Prepara un poco de masa con la harina más blanca que tengas. Añade miel, sangre menstrual y un huevo con una mancha de sangre, una medida de grasa de cerdo, una pizca de sebo y una copa de vino libatorio. Enciende un fuego el Sabbath y cuece la mezcla sobre las brasas. Llama luego a tu marido para que vaya a tu cama y hazle comer el pastel que hayas preparado. Despiértale con mentiras y hazle dormir con impiedades. Entonces, cuando empiece a roncar, córtale la mitad de su barba y una guedeja de pelo, róbale su oro, quemas sus pagarés y rompe el contrato de matrimonio. Después, tira tus joyas bajo la ventana del carnicero; ésa será mi prenda de compromiso. Antes de abandonar tu casa, arroja a la basura tu libro de oraciones y escupe en el *niezuzcih,* en el preciso lugar en que está escrita la palabra *Shadai.* Vente luego directamente a mí. Yo te elevaré sobre mis alas desde Krashnik hasta el desierto. Volaremos sobre campos llenos de setas venenosas, sobre bosques habitados por lobos encantados, sobre las ruinas de Sodoma, donde las serpientes son escolares, las hienas cantantes, los gallos predicadores, y se confía a los ladrones el dinero para que lo inviertan en obras de caridad. Allí, la fealdad es belleza y lo torcido es recto; las torturas son pasatiempos y las burlas el colmo del regocijo. Mas apresúrate, porque nuestra eternidad es breve.

—Tengo miedo, diablillo, tengo miedo.

—Todo el que viene con nosotros lo tiene.

Quiso hacerme más preguntas, cogerme en contradicciones, pero yo me escapé. Apretó sus labios contra el espejo y encontró el extremo de mi rabo.

III

Su padre lloró; su marido se mesó los cabellos; sus criadas la buscaron en la leñera y en el sótano; su suegra hurgó con una pala en la chimenea; carniceros y carreteros recorrieron los bosques en su busca. Por la noche se encendieron antorchas, y las voces resonaban de un lado a otro: «Zirel, ¿dónde estás? ¡Zirel! ¡Zirel!» Se sospechó que había huido a un convento, pero el sacerdote juró sobre el crucifijo que no era cierto. Se recurrió a un milagrero y luego a una hechicera, una vieja gentil que hacía efigies de cera y finalmente a un hombre que localizaba los muertos o desaparecidos por medio de un espejo negro; un granjero les prestó sus sabuesos. Pero cuando yo me apodero de mi presa no hay nadie que pueda liberarla. Desplegué mis alas y partimos. Zirel me hablaba, pero yo no le respondía. Cuando llegamos a Sodoma, revoloteé unos momentos sobre la mujer de Lot. Tres bueyes le estaban lamiendo la nariz. Lot yacía en una cueva con sus hijas, borracho como siempre.

En el valle de sombras, que se conoce con el nombre de mundo, todo está sometido a cambios. Mas para nosotros el tiempo permanece inmóvil. Adán continúa desnudo, Eva lujuriosa, todavía en el acto de ser seducida por la serpiente. Caín mata a Abel; la pulga yace con el elefante, el diluvio cae del cielo, los judíos amasan arcilla en Egipto, Job se rasca su cuerpo cubierto de pústulas. Continuará rascándose hasta el fin de los tiempos, pero no encontrará alivio.

Ella quería hablarme, pero con un batir de alas desaparecí. Había cumplido mi misión. Me detuve sobre un escarpado risco, como un murciélago parpadeando con sus ciegos ojos. La tierra presentaba un oscuro color pardo, y los cielos eran amarillos. Los diablos formaban un círculo agitando sus rabos. Dos tortugas se hallaban enlazadas en un abrazo, y una piedra macho montaba a una piedra hembra. Aparecieron Shabriri y Bariri. Shabriri había asumido la forma de un noble. Llevaba una gorra puntiaguda y una espada curva, tenía piernas de ganso y barba de cabra. Llevaba gafas sobre el hocico y hablaba en un dialecto germánico. Bariri era mono, loro, murciélago, todo a la vez. Shabriri hizo una profunda reverencia y empezó a cantar, como un bufón en una boda:

Argin, margin,
ganga hay aquí.
Hermosa gacela,
por nombre Zirel.
Lánzate en brazos
del amor febril.

Estaba a punto de cogerla en sus brazos, cuando Bariri gritó:

—¡No dejes que te toque! Tiene postillas en la cabeza, úlceras en las piernas, y lo que una mujer necesita no tiene. Se las da de galán, pero un capón es más amoroso. Su padre también era así, y lo mismo su abuelo. Deja que sea yo tu amante. Yo soy el nieto del gran embustero. Además, soy hombre rico y de buenos pies de Asmodeo. Mi padre, que esté en el infierno, llevaba la caja de rapé de Satán.

Shabriri y Bariri habían cogido a Zirel por los cabellos y, cada vez que los estiraban, le arrancaban un mechón. Zirel, comprendiendo ya dónde había ido a caer, gritaba:

—¡Piedad, piedad!

—¿Qué es lo que tenemos aquí? —preguntó Ketev Mariri.

—Una coqueta de Krashnik.

—¿No tiene nada mejor que eso?

—No, es lo mejor que poseen.

—¿Quién la ha traído aquí?

—Un pequeño duende.

—Empecemos.

—Socorro, socorro —gemía Zirel.

—Colgadla —gritó Furor, hijo de la Ira—. Es inútil quejarse aquí. El tiempo y el cambio han quedado atrás. Haz lo que se te dice, no eres joven ni vieja.

Zirel rompió en lamentos. Sus voces despertaron a Lilith. Apartó la barba de Asmodeo y asomó la cabeza por la cueva. Cada uno de sus cabellos era una ondulante serpiente.

—¿Qué pasa con esa zorra? —preguntó—. ¿Por qué tantos gritos?

—Están trabajando sobre ella.

—¿Eso es todo? Echadle un poco de sal.

—Y así no sabrá mal.

Esta diversión ha estado practicándose durante mil años, pero la tenebrosa pandilla no se cansa de ella. Cada diablo aporta su grano de arena; cada duende hace su chiste. Tiran y rasgan y muerden y pinchan. Por lo demás, los diablos masculinos no son tan malos; son las hembras las que realmente disfrutan mandando: «¡Coge caldo hirviendo con las manos desnudas!» «¡Haz trenzas sin emplear los dedos!» ¡Lava la ropa sin agua!» «¡Coge peces en la arena caliente!» «¡Quédate en casa y anda por la calle!» «¡Toma un baño sin mojarte!» «¡Saca manteca de las piedras!» «¡Rompe la botella sin derramar el vino!». Y, mientras tanto, cotillean las virtuosas mujeres del Paraíso; y los varones piadosos, sentados en sillas de oro, se atracan de carne de Leviatán mientras alardean de sus buenas acciones.

¿Existe un Dios? ¿Es misericordioso? ¿Encontrará jamás Zirel la salvación? ¿O es la creación una primitiva serpiente que se arrastra con el mal? ¿Cómo puedo yo saberlo? No soy más que un diablo de segunda fila. Los duendes rara vez son ascendidos. Y, mientras las generaciones se suceden unas a otras, Zirel sigue a Zirel en una miríada de reflejos, en una miríada de espejos.

LOS PEQUEÑOS ZAPATEROS

LOS ZAPATEROS Y SU ÁRBOL GENEALÓGICO

La familia de los pequeños zapateros era famosa no sólo en Frampol, sino en toda la región circundante, en Yonev, Kreshev, Bilgoray e incluso en Zamoshoh. Abba Shuster, el fundador de la dinastía, apareció en Frampol poco después de los pogroms de Chmielnitzki. Adquirió una parcela de terreno en la pequeña colina que se alzaba por detrás de los puestos de los carniceros y construyó allí una casa que ha continuado en pie hasta no hace mucho. Y no es que fuera muy buena; asentada la piedra de los cimientos, las ventanas se alabearon y el embardado tejado se cubrió de un moho verdoso del que colgaban nidos de golondrinas. Además, la puerta se hundió en el suelo; se arquearon las barandillas, y, en vez de subir para cruzar el umbral había que bajar un escalón. De todas formas, sobrevivió a los innumerables incendios que devastaron Frampol en los antiguos tiempos. Pero las vigas estaban tan podridas que sobre ellas crecían las setas, y cuando se necesitaba polvo de madera para restañar la sangre de una circuncisión bastaba con arrancar un pedazo de la pared exterior y desmenuzarlo entre los dedos. El tejado, dotado de una pendiente tan pronunciada que el deshollinador era incapaz de trepar por él para limpiar la chimenea, siempre estaba incendiándose por las chispas que caían sobre él. Sólo a la gracia de Dios se debía que la casa no hubiese sido destruida por un siniestro.

El nombre de Abba Shuster está grabado en pergamino en los anales de la comunidad judía de Frampol. Tenía la costumbre de hacer todos los años seis pares de zapatos para ser distribuidos entre las viudas y los huérfanos; en reconocimiento a su filantropía, la sinagoga le llamaba a la lectura de la Torá bajo el honorífico título de *Murenu,* que significa «nuestro maestro».

Su lápida había desaparecido ya en el viejo cementerio, pero los zapateros conocían una señal para saber el lugar exacto de la tumba; muy cerca crecía un avellano. Según las viejas de la localidad, el árbol brotaba de la barba de Reb Abba.

Reb Abba tuvo cinco hijos; todos menos uno se establecieron en las ciudades próximas. Getzel fue el único que se quedó en Frampol. Continuó la caritativa costumbre de su padre de hacer zapatos para los pobres y tomó parte activa también en la hermandad de sepultureros.

Siguen diciendo los anales que Getzel tuvo un hijo, Godel, y que a Godel le nació Treitel, y a Treitel, Gimpel. El arte de la zapatería fue transmitiéndose de una a otra generación. Pronto quedó establecido en la familia un principio que exigía que el hijo mayor permaneciera en la casa para suceder a su padre en el banco de trabajo.

Los zapateros se parecían entre sí. Todos eran bajos de estatura, de cabellos claros, y buenos, y honrados trabajadores.

La gente de Frampol sostenía la creencia de que Reb Abba, el primero de la línea, había aprendido a fabricar calzado de un maestro artesano de Brod, el cual le había enseñado el secreto de fortalecer el cuero y hacerlo duradero. Los pequeños zapateros tenían en el sótano de su casa una tinaja para ablandar pieles. Dios sabe qué extrañas sustancias químicas añadían al líquido de curtir. No revelaban la fórmula a los extraños, la cual iba siendo transmitida de padres a hijos.

Como no es asunto nuestro hablar de todas las generaciones de los pequeños zapateros, nos limitaremos a referirnos a las tres últimas. Reb Lippe llegó a la vejez sin haber tenido descendencia, y se dio por seguro de que él sería el último de la línea. Pero, rondando ya los setenta años, murió su mujer, y él se casó con una virgen zocata que le dio seis hijos. El mayor, Feivel, alcanzó una posición desahogada. Era figura destacada en los asuntos de la comunidad, acudía a todas las reuniones importantes y durante largos años sirvió como sacristán en la sinagoga de los sastres. Esta sinagoga tenía por costumbre elegir un nuevo sacristán cada Simcháth Torá. Al hombre así seleccionado se le honraba colocándole una calabaza sobre la cabeza; se instalaban velas encendidas en la calabaza, y el afortunado era llevado de casa en casa y obsequiado en cada una con vino, refrescos y pastelillos de miel. Ocurrió que Reb Feivel murió en la Simcháth Torá, el día de congratulación sobre la Ley, mientras llevaba a cabo obedientemente estas rondas; cayó de bruces en medio de la plaza del mercado, y no hubo manera de hacerle volver a la vida. Como Faivel había sido un notable filántropo, el rabino que dirigía sus servicios declaró que las velas que había llevado sobre la cabeza le iluminarían el camino al Paraíso. El testamento encontrado en su caja fuerte ordenaba que cuando fuese llevado al cementerio se depositara sobre el paño negro que cubriese su ataúd un martillo, una lezna y una horma en señal de haber sido un hombre pacífico y trabajador que no engañaba jamás a sus clientes. Su voluntad fue cumplida.

El hijo mayor de Feivel se llamaba Abba, como el fundador. Al igual que los demás de la familia, era bajo y grueso, con una poblada barba amarillenta y ancha frente surcada de arrugas, como sólo suelen tenerla los rabinos y los zapateros. Sus ojos eran también amarillos, y en general daba la impresión de ser arisco y sombrío. Era, sin embargo, un diestro trabajador, caritativo como sus antepasados y que no tenía par en Frampol como hombre de palabra. Jamás hacía una promesa a menos de estar seguro de que podría cumplirla; cuando no estaba seguro decía: «quién sabe», «si Dios quiere» o «quizá». Era, además, hombre de cierta instrucción. Todos los días leía un capítulo de la Torá en traducción yiddish y ocupaba su tiempo libre leyendo libros populares. Abba no se perdía jamás un sermón de los predicadores que llegaban a la ciudad, y era especialmente aficionado a los pasajes bíblicos que eran leídos en la sinagoga durante los meses de invierno. Cuando su mujer, Pesha, le leía la traducción yiddish de las historias contenidas en el Génesis, imaginaba que él era Noé, y que sus hijos eran Sem, Cam y Jafet. O, si no, se veía a sí mismo en la imagen de Abraham, de Isaac o de Jacob. Pensaba a menudo que si el Todopoderoso le pidiera el sacrificio de su primogénito Gimpel, se levantaría de madrugada y daría cumplimiento a sus órdenes sin demora. Ciertamente, habría abandonado Polonia y la casa en que había nacido para caminar sobre la tierra hasta el lugar a donde Dios hubiera querido enviarle.

Se sabía de memoria la historia de José y sus hermanos, pero nunca se cansaba de leerla una y otra vez. Envidiaba a los antiguos porque el Rey del Universo se manifestaba a sí mismo ante ellos y realizaba milagros en su beneficio, pero se consolaba pensando que desde él, Abba, hasta los patriarcas se extendía una cadena continua de generaciones, como si él también formase parte de la Biblia. Procedía de los lomos de Jacob; él y sus hijos componían la generación cuyo número se había multiplicado como las arenas del mar y las estrellas. Vivía en el exilio porque habían pecado los judíos de la Tierra Santa, pero esperaba la Redención y estaría preparado cuando llegara el momento.

Abba, era, con mucho, el mejor zapatero de Frampol. Sus botas se ajustaban siempre perfectamente, ni demasiado prietas, ni demasiado anchas. Las personas que sufrían de callos, sabañones o venas varicosas estaban especialmente complacidos con su trabajo y afirmaban que sus zapatos les aliviaban. Despreciaba los nuevos estilos, las botas adornadas y las sandalias de fantasía con suelas mal cosidas que se soltaban en cuanto llovía un poco. Sus clientes eran respetables burgueses de Frampol o aldeanos de los poblados próximos, y se merecían lo mejor. Tomaba las medidas con una cuerda de nudos, como en los viejos tiempos. La mayoría de las mujeres de Frampol llevaban peluca, pero su mujer, Pesha, se cubría también la cabeza con un sombrero. Le dio siete hijos, y él les puso el nombre de sus antepasados: Gimpel, Getzel, Treitel, Godel, Feivel, Lippe y Chanania. Eran todos bajos y de pelo claro, como su padre. Abba predijo que él les convertiría en zapateros y, como hombre de palabra, les dejaba mirarle cuando estaba en su banco de trabajo, siendo ellos todavía muy jóvenes y, a veces, les repetía la vieja máxima: «El buen trabajo nunca se pierde.»

Pasaba dieciséis horas diarias en el banco con un saco echado sobre las rodillas haciendo agujeros con la lezna, cosiendo con una aguja de alambre, curtiendo y puliendo el cuero o raspándolo con un pedazo de vidrio; y, mientras trabajaba, tarareaba trozos de los cánticos de los Días de Temor. Generalmente, la gata se hacía un ovillo cerca de él y le miraba como si estuviera observando atentamente sus manipulaciones. Su madre y su abuela habían, en sus tiempos, cazado ratones para los zapateros. Abba podía mirar colina abajo por la ventana y ver toda la ciudad y mucho más lejos, hasta la carretera que llevaba a Bilgoray y los bosques de pinos. Contemplaba los grupos de matronas que se reunían todas las mañanas en los puestos de los carniceros, y a los jóvenes y los desocupados que entraban y salían del patio de la sinagoga; las muchachas que iban al pozo a coger agua para el té, y a las mujeres que, a la media luz del crepúsculo, se dirigían apresuradamente al baño ritual.

Al atardecer, cuando se ponía el sol, penetraba en la casa el resplandor del crepúsculo. Rayos de luz danzaban en los rincones, revoloteaban por el techo y proyectaban sobre la barba de Abba un fulgor de oro hilado. Pesha, la mujer de Abba, preparaba *kasha* y sopa en la cocina, los niños jugaban, las mujeres y las muchachas de los alrededores entraban y salían de la casa. Abba dejaba su trabajo, se lavaba las manos y se dirigía a la sinagoga de los sastres para rezar las oraciones vespertinas. Sabía que el ancho mundo estaba lleno de extrañas ciudades y lejanos países, que Frampol no era en realidad más grande que una ligera mota en su libro de oraciones; pero le parecía que su pequeña ciudad era el ombligo del universo y que su propia casa se alzaba en el mismo centro de él. Pensaba con frecuencia que cuando el Mesías llegara para conducir a los judíos a la tierra de Israel, él, Abba, permanecería en Frampol, en su propia casa, en su propia colina. Solamente en el Sabbath y en los días santos subiría a una nube y se dejaría llevar a Jerusalén.

II

ABBA Y SUS SIETE HIJOS

Como Gimpel era el mayor, y destinado, por tanto, a suceder a su padre, se convirtió en objeto preferente de la atención de Abba. Le envió a los mejores maestros hebreos e incluso contrató a un preceptor para que le enseñara los elementos del yiddish, el polaco, el ruso y la aritmética. Abba llevó por sí mismo al muchacho al sótano y le mostró la fórmula para añadir sustancias químicas y clases diversas de colorante al líquido de curtido. Le reveló que, en la mayoría de los casos, el pie derecho es mayor que el izquierdo, y que el origen de todos los contratiempos en el ajustado de los zapatos suele encontrarse en los dedos gordos de los pies. Luego, enseñó a Gimpel los principios para cortar suelas y plantillas, zapatos romos y puntiagudos, tacones altos y bajos, así como para satisfacer a los clientes con pies planos, juanetes, dedos torcidos o callos.

Los viernes, que siempre había más trabajo que los demás días, los hijos mayores dejaban a su padre en la tienda. Pesha hacía *challah* y les preparaba el almuerzo. Sacaba la primera hogaza de pan y, caliente aún del horno, soplando sobre ella y pasándosela de una a otra mano, se la llevaba a Abba para mostrársela por todos los costados hasta que él meneaba la cabeza en señal de aprobación. Luego volvía con un cucharón y le dejaba probar la sopa de pescado, o le pedía que gustara un pedazo de pastel recién hecho. Pesha apreciaba sus opiniones y las tenía muy en cuenta. Cuando iba a comprar un vestido para ella o para los niños, siempre le llevaba algunas muestras de tela para que él eligiese. Incluso antes de ir al carnicero le pedía su opinión; ¿qué compraba, pecho o solomillo, lomo o costillas? Y no le consultaba por temor o porque ella careciera de ideas propias, sino, simplemente, porque había aprendido que él siempre sabía de qué estaba hablando. Aun cuando ella estaba segura de que él se equivocaba, al final acababa demostrándose que tenía razón. Nunca la reñía, sino que se limitaba a lanzarle una lija mirada cuando estaba haciendo algunas tonterías. Ésa era también la forma en que manejaba a los chicos. Había una correa colgada en la pared, pero raras veces hacía uso de ella. Hasta los extraños le respetaban. Los comerciantes le vendían pieles a buen precio y no presentaban objeciones cuando él les pedía crédito. Sus clientes confiaban igualmente en él y le pagaban sin rechistar los precios que pedía. Siempre se le llamaba el sexto a la lectura de la Torá en la sinagoga de los sastres —un estimable honor—, y cuando pedía prestado o se le fijaba una contribución nunca era necesaria recordárselo. Pagaba sin falta justamente después del Sabbath. La ciudad conoció pronto sus virtudes y, aunque era un simple zapatero y, todo hay que decirlo, un tanto ignorante, se le trataba como si fuera un hombre distinguido.

Cuando Gimpel cumplió los trece años, Abba le dio un delantal de saco y puso al muchacho a trabajar en el banco. Después de Gimpel, fueron aprendices Getzel, Treitel, Godel y Feivel. Aunque eran hijos suyos y él les mantenía con sus ingresos, les pagaba un salario. Los dos más jóvenes, Lippe y Chananiah, asistían todavía al *cheder* elemental, pero también echaban una mano de vez en cuando. Abba y Pesha estaban orgullosos de ellos. Por la mañana, los seis trabajadores entraban en tropel en la cocina, se lavaban sus seis pares de manos con la bendición correspondiente, y sus seis bocas masticaban el desayuno con el inevitable pan de maíz.

Abba gustaba de colocar a sus dos hijos menores uno en cada rodilla y cantarles una vieja canción de Frampol:

> *Una madre tenía*
> *diez chiquillos,*
> *¡Oh, Señor, diez chiquillos!*

> *El primero era Avremele,*
> *el segundo era Berele,*
> *el tercero era Gimpele,*
> *el cuarto era Dovid,*
> *el quinto era Hershele...*

Y todos los muchachos formaban el coro:

> *¡Oh, Señor, Hershele!*

Ahora que tenía aprendices, Abba sacaba más trabajo, y sus ingresos aumentaron. La vida era barata en Frampol, y como los campesinos le regalaban muchas veces una medida de trigo o un pedazo de mantequilla, un saco de patatas o un jarro de miel, una gallina o un pato, podía ahorrar algo de dinero. Al aumentar su prosperidad, Pesha empezó a hablar de hacer obras en la casa. Las habitaciones eran demasiado estrechas, el techo era demasiado bajo. El suelo temblaba bajo los pies. El yeso se desprendía de las paredes, y por vigas y tarimas se arrastraban toda clase de gusanos. Vivían con el miedo constante de que el techo se derrumbara sobre sus cabezas. Aunque tenían una gata, el lugar estaba infestado de ratones. Pesha insistía en derribar aquella ruina y construir una casa mayor.

Abba no respondió inmediatamente que no. Dijo a su mujer que lo pensaría. Pero después de pensarlo manifestó la opinión de que prefería conservar las cosas tal como estaban. En primer lugar, temía derribar la casa, porque eso podría traer mala suerte. En segundo, temía el mal de ojo…, la gente era muy envidiosa y rencorosa. En tercero, se le hacía difícil separarse del hogar en que habían nacido y muerto sus padres y abuelos y toda la familia a lo largo de las generaciones. Conocía todos los rincones de la casa, todas sus grietas y rendijas. Cuando una capa de pintura se desprendía de la pared, aparecía otra de diferente color, y tras esta capa otra más. Las paredes eran como un álbum en que hubieran sido registradas las fortunas de la familia. El desván estaba atestado de muebles heredados, mesas y sillas, bancos de zapatero y hormas, piedras de afilar y cuchillas, trapos viejos, pucheros, cacerolas, colchones, tablas de lavar, cunas. Por el suelo yacían tirados sacos llenos de destrozados libros de oraciones.

Abba gustaba de subir al desván en una calurosa tarde de verano. Las arañas tejían grandes telas, y los rayos del sol, al filtrarse por las rendijas, ponían irisados fulgores en los sutiles hilos. Todo yacía bajo una espesa capa de polvo. Cuando escuchaba atentamente oía un cuchicheo, un murmullo y un suave rascar, como si una invisible criatura, empeñada en una incansable actividad, conversara en una lengua ultraterrena. Estaba seguro de que los espíritus de sus antepasados velaban sobre la casa. Del mismo modo, le gustaba el lugar en que ésta se levantaba. Las hierbas eran tan altas como la cabeza de un hombre. Había una espesa y enmarañada vegetación por todo el lugar; las ramas y las hojas se agarraban a las ropas como si tuvieran dientes y garras. Bullían las moscas en el aire, y en el suelo se agitaban gusanos y serpientes de todas clases. Las hormigas habían levantado sus casas entre aquellos matorrales; los ratones de campo habían cavado allí sus agujeros. En medio de aquella selvatiquez había crecido un peral; todos los años, en la época de la Fiesta del Tabernáculo, daba pequeños frutos que tenían el gusto y la dureza de la madera. Pájaros y abejas volaban sobre esta jungla, enormes moscas de vientres dorados. Después de cada aguacero salían setas por doquier. El suelo no era cultivado, pero una mano invisible conservaba su fertilidad.

Cuando Abba estaba allí con la vista levantada hacia el cielo estival, sumido en la contemplación de las nubes que cruzaban el firmamento adoptando formas de barcos, de rebaños de ovejas, de extrañas vegetaciones, de manadas de elefantes, sentía la presencia de Dios. Su providencia y su misericordia. Veía virtualmente al Todopoderoso sentado en su trono de gloria, sirviéndose de la tierra como pedestal. Satán estaba vencido; los ángeles cantaban himnos. Se hallaba abierto el Libro de la Memoria, en el que están registradas todas las acciones de los hombres. En ocasiones, a la puesta del sol, Abba creía ver el río de fuego del inframundo. Brotaban llamas de las ardientes brasas; una ola de fuego se alzaba inundando las orillas. Cuando escuchaba atentamente estaba seguro de oír los sofocados gritos de los pecadores y la risa burlona del Maligno.

No, aquello era suficientemente bueno para Abba Shuster. No había nada que cambiar. Que todo continuara tal como había estado durante siglos, hasta que viviera su tiempo prescrito, y fuera enterrado en el cementerio entre sus antepasados el que había calzado a toda la comunidad y cuyo buen nombre era conservado no sólo en Frampol, sino también en los alrededores.

III

GIMPEL EMIGRA A AMÉRICA

El proverbio dice, sin embargo: «El hombre propone y Dios dispone.»

Un día, mientras Abba estaba trabajando en una bota, entró en la tienda su hijo Gimpel. Su pecoso rostro estaba encendido y sus cabellos desgreñados y revueltos bajo la gorra. En vez de ocupar su puesto en el banco, se detuvo junto a su padre, le miró vacilante y al fin dijo:

—Padre, debo decirte algo.

—Bueno, yo no te lo impido —contestó Abba.

—Padre —exclamó—, voy a irme a América.

Abba dejó caer la bota que tenía entre las manos. Aquello era lo último que esperaba oír, y levantó las cejas.

—¿Qué ha ocurrido? ¿Has robado a alguien? ¿Has sostenido alguna pelea?

—No, padre.

—Entonces, ¿por qué vas a marcharte?

—No hay porvenir para mí en Frampol.

—¿Por qué no? Tienes un oficio. Si Dios quiere, te casarás algún día. Tienes todo lo que puedes desear.

—Estoy harto de los pueblos pequeños; estoy harto de la gente. Esto no es más que una ciénaga maloliente.

—Cuando empiecen los trabajos de desecación no será ya una ciénaga.

—No, padre, no es eso lo que quiero decir.

—¿Qué es lo que quieres decir, entonces? —exclamó airadamente Abba—. ¡Habla!

El muchacho habló, pero Abba no pudo entender ni una palabra. Se expresaba con tal furia que Abba no podía por menos de pensar que el pobrecillo estaba poseído por el demonio; los maestros hebreos pegan a los niños; las mujeres vacían sus cubos de agua sucia a la puerta de sus casas; los comerciantes holgazaneaban por las calles; no hay retretes en ninguna parte, y la gente se alivia, como le da la gana, detrás de la casa de baños, o fuera, en el campo, fomentando epidemias y pestes. Se burló de Ezreal, el curandero, y de Mécheles, el agente matrimonial, sin perdonar al tribunal rabínico, al encargado de los baños, al lavador de mujeres, al celador del asilo, ni a las profesiones y sociedades benéficas.

Al principio, Abba temió que su hijo hubiera perdido la razón, pero cuanto más tiempo continuaba su arenga, más claro comenzó a hacerse que se había apartado del sendero de la rectitud. Jacob Reifman, el ateo, solía soltar sus diatribas en

Shebreshin, no lejos de Frampol. Un discípulo suyo, un detractor de Israel, tenía la costumbre de visitar a una tía que tenía en Frampol y había logrado reclutar cierto número de seguidores entre los haraganes del pueblo. Nunca se le había ocurrido a Abba que su Gimpel pudiera pertenecer a tal pandilla.

—¿Qué dices, padre? —preguntó Gimpel.

Abba reflexionó. Comprendía que era inútil discutir con Gimpel, y recordó el proverbio: «Una manzana podrida echa a perder el cesto.»

—Está bien —respondió—. ¿Qué puedo yo hacer? Si quieres irte, vete. No te lo impediré.

Mas Pesha no accedió tan fácilmente. Suplicó a Gimpel que no se marchara tan lejos; lloró y le imploró que no llevara la vergüenza a la familia. Corrió incluso al cementerio, a las tumbas de sus antepasados, con el fin de buscar la intercesión de los muertos. Pero, finalmente, se convenció de que Abba tenía razón: era inútil discutir. El rostro de Gimpel se había vuelto tan duro como el cuero, y una débil luz brillaba en sus amarillos ojos. Se había convertido en forastero en su propio hogar. Pasó aquella noche con sus amigos y volvió por la mañana para recoger su manto de oraciones y sus filacterias, unas cuantas camisas, una manta y unos pocos huevos cocidos, y se dispuso a partir.

Había ahorrado dinero suficiente para el viaje. Cuando su madre vio que estaba preparado, le insistió para que se llevara por lo menos una orza de conservas, una botella de jugo de cerezas, ropas de cama, almohadas. Pero Gimpel rehusó. Iba a cruzar clandestinamente la frontera con Alemania, y tendría mayores posibilidades de éxito si viajaba con pocos estorbos. Besó a su madre, se despidió de sus hermanos y de sus amigos y emprendió la marcha. Abba, no queriendo separarse de su hijo sin reconciliarse con él, le llevó en carro a la estación de Reivetz. El tren llegó en medio de la noche con estruendosos chirridos de hierros y el largo silbido de su locomotora. Abba tomó los faros de ésta por los ojos de un terrible demonio y se estremeció a la vista de las chimeneas que despedían columnas de humo y chispas y nubes de vapor. Las cegadoras luces no hacían sino intensificar aún más la oscuridad. Gimpel echó a correr con su equipaje, y su padre corrió tras él. En el último momento, el muchacho besó la mano de su padre, y Abba gritó tras él en la oscuridad:

—¡Buena suerte! ¡No reniegues de nuestra religión!

Arrancó el tren, proyectando una tufarada de humo sobre la cara de Abba y dejando en sus oídos el estrépito de su campana. La tierra temblaba bajo sus pies. ¡Como si el muchacho hubiera sido arrebatado por los demonios! Cuando regresó a casa y Pesha se echó sobre él sollozando, le dijo:

—El Señor lo dio y el Señor lo ha quitado...

Pasaron los meses sin que se tuviera ninguna noticia de Gimpel. Abba sabía que ésa era la forma en que se comportaban los jóvenes cuando se marchaban de casa; olvidaban por completo a sus seres queridos. Como dice el proverbio: «Ojos que no ven, corazón que no siente.» Ya dudaba de que volviera a tener jamás noticias de él, cuando un día llegó una carta de América. Abba reconoció la letra de su hijo. Gimpel escribía que había cruzado sin novedad la frontera, que vio muchas ciudades extrañas y pasó cuatro semanas a bordo de un buque alimentándose exclusivamente de patatas y arenques porque no quería tocar alimentos impuros. El océano era muy profundo y las olas tan altas como el cielo. Vio peces voladores, pero no divisó ninguna sirena ni ningún tritón, ni las oyó cantar tampoco. Nueva York es una ciudad enorme, las casas desaparecen entre las nubes. Los trenes pasan por encima de los tejados. Los gentiles hablan en inglés. Nadie camina mirando al suelo; todo el mundo lleva la cabeza erguida. Se encontró en Nueva York con muchos compatriotas; todos llevan abrigos cortos. Él también. El oficio que aprendió en casa le ha venido muy bien. Está *de primera;* tiene muy buenos ingresos. Volverá a escribir más extensamente. Besa a su padre, a su madre y a sus hermanos y envía recuerdos para sus amigos.

Después de todo, una carta cariñosa.

En su segunda carta, Gimpel anunciaba que se había enamorado de una muchacha y le había comprado un anillo de diamantes. Se llama Bessie, es de Rumania y trabaja *en confecciones.* Abba se puso sus gafas con montura de metal y pasó largo tiempo descifrando aquello. ¿Dónde aprendía el muchacho tantas palabras inglesas? La tercera carta manifestaba que se había casado y que un *reverendo* había oficiado la ceremonia. Adjuntaba una instantánea de él y su mujer.

Abba no podía creerlo. Su hijo llevaba un traje de caballero y un sombrero de copa. La novia iba ataviada como una condesa, con séquito y velo, y llevaba un ramo de flores en la mano. Pesha echó una mirada a la fotografía y rompió a llorar. Los hermanos de Gimpel contuvieron el aliento. Acudieron vecinos y amigos de toda la ciudad: hubieran jurado que Gimpel había sido arrebatado por arte de magia a un dorado país donde había tomado por esposa a una princesa, igual que en los libros de cuentos que los mercaderes llevaban a la ciudad.

La cosa fue que Gimpel indujo a Getzel a ir a América, y Getzel convenció a Treitel; Godel siguió a Treitel, y Feivel a Godel; y, luego, los cinco hermanos lograron que emprendieran el viaje los jóvenes Lippe y Chananiah. Pesha no vivía más que para el correo. Instaló un cepillo de limosnas junto a la puerta, y cada vez que llegaba una carta introducía una moneda por la ranura. Abba trabajaba completamente solo. Ya no necesitaba aprendices porque tenía pocos gastos y podía permitirse ganar menos; en realidad, podría haber renunciado por completo al trabajo, ya que sus hijos le mandaban dinero suficiente. Sin embargo, se levantaba como de costumbre de madrugada y permanecía en el banco hasta la caída de la tarde. Repicaba su martillo, y a su sonido se unían el grillo en el hogar, el ratón en su agujero y el crujido de las tejas. Pero sus pensamientos se agitaban inquietos. Generación tras generación, los pequeños zapateros habían vivido en Frampol. Y, de pronto, los pajarillos habían volado de la jaula. ¿Era aquello un castigo, un juicio sobre él? ¿Tenía algún sentido?

Abba hizo un agujero, metió una estaquilla y murmuró:

—¿De modo que tú, Abba, sabes lo que estás haciendo, y Dios no? ¿No te da vergüenza, necio? Hágase su voluntad. Amén.

IV

LA DESTRUCCIÓN DE FRAMPOL

Pasaron casi cuarenta años. Pesha había muerto hacía mucho tiempo, de cólera, durante la ocupación austríaca. Los hijos de Abba se habían enriquecido en América. Escribían todas las semanas rogándole que se fuera con ellos, pero él permanecía en Frampol, en la misma vieja casa de la colina. Su tumba se hallaba preparada junto a la de Pesha, entre los pequeños zapateros; la lápida había sido ya levantada, sólo faltaba la fecha. Abba colocó un banco junto a la tumba de su mujer y, la víspera de Rosh Hashana o durante los ayunos, iba allí a rezar y a leer las Lamentaciones. Le gustaba estar en el cementerio. El cielo era mucho más límpido y claro que en la ciudad, y un solemne silencio se alzaba de la tierra sagrada y de las viejas lápidas cubiertas de musgo. Le agradaba sentarse a contemplar los altos abedules blancos, que se cimbreaban levemente aun cuando no soplara viento alguno, y los grajos que se balanceaban en las ramas como frutos negros. Antes de morir, Pesha le había hecho prometer que nunca volvería a casarse y que acudiría regularmente a su tumba a llevarle noticias de sus hijos. Mantuvo su promesa. Se tendía sobre el montón de tierra y murmuraba en voz baja, como si lo hiciese al oído de su esposa y ésta estuviera viva: «Gimpel tiene otro nieto. La hija menor de Getzel está prometida, gracias a Dios.»

La casa de la colina estaba casi en ruinas. Las vigas se habían podrido, y el tejado tenía que ser sostenido con pilares de piedra. Dos de las tres ventanas estaban cerradas con maderas clavadas, porque ya no era posible encajar el cristal en los marcos. El suelo había desaparecido casi por completo, y se pisaba la tierra desnuda. Se había marchitado el peral del jardín; el tronco y las ramas estaban cubiertos de escamas. Crecían en el jardín uvas y bayas venenosas, y había una enorme profusión de piedras, que los niños solían tirar allí en la fiesta de Tisha b'Av. La gente juraba que se veían arder allí fuegos extraños por la noche, y afirmaba que el desván estaba lleno de murciélagos que se enredaban en los cabellos de las muchachas. Las lechuzas ululaban en algún lugar en las proximidades de la casa. Los vecinos recomendaron repetidas veces a Abba que se alejara de aquella ruina antes de que fuese demasiado tarde; el menor soplo de viento podría derribarla. Le rogaban que dejase de trabajar; sus hijos le enviaban más dinero del que podía necesitar. Pero Abba seguía obstinadamente levantándose al amanecer y trabajando en su banco de zapatero. Aunque el pelo amarillo no cambia fácilmente de color, la barba de Abba se había vuelto completamente blanca, y el blanco, al marcharse, se había tornado de nuevo amarillo. Sus cejas habían crecido hasta taparle casi los ojos, y su ancha frente era como un trozo de pergamino amarillento. Pero no había perdido su buena mano. Todavía podía fabricar recios zapatos de tacón alto, aunque tardara un poco más. Abría agujeros con la lezna, cosía con la aguja, martillaba en los clavos y cantaba con ronca voz la vieja canción del zapatero:

> *Una madre compró un macho cabrío,*
> *el shochet mató al macho cabrío,*
> *¡Oh, Señor, el macho cabrío!*
> *Avremele cogió sus orejas,*
> *Berele cogió su pulmón,*
> *Gimpele cogió el estómago,*
> *Dovid cogió la lengua,*
> *Y Hershele cogió el cuello...*

Y, como no había nadie que le coreara, él mismo cantaba el estribillo:

¡Oh, Señor, el macho cabrío!

Sus amigos le insistían para que tomara una criada, pero él no quería admitir en la casa a una mujer extraña. De cuando en cuando, alguna de las vecinas iba a barrer y a quitar el polvo, pero aun eso era demasiado para él. Se acostumbró a estar solo. Aprendió a cocinar, y él mismo se preparaba la sopa en el trípode y, los viernes, incluso amasaba el budín para el Sabbath. Lo que más le gustaba era sentarse solo en el banco y seguir el rumbo de sus pensamientos, que se habían ido haciendo cada vez más enmarañados con el paso de los años. Día y noche desarrollaba conversaciones consigo mismo. Una voz formulaba preguntas, la otra respondía. Acudían a su mente frases inteligentes, expresiones agudas y oportunas llenas de la sabiduría de la vejez, como si sus abuelos hubiesen vuelto a la vida y estuvieran dirigiendo sus interminables disputas en el interior de su cabeza sobre cuestiones relativas a este mundo y al futuro. Todos sus pensamientos giraban en derredor de un mismo tema: «¿Qué es la vida y qué es la muerte? ¿Qué es el tiempo que avanza sin tregua y a cuánta distancia está América?» Se le cerraban los ojos; caía de su mano el martillo, pero seguía oyendo el característico martilleo del zapatero remendón —un golpe suave, otro más fuerte y un tercero más fuerte todavía—, como si a su lado se hallara sentado un fantasma remendando zapatos invisibles. Cuando uno de los vecinos le preguntaba por qué no iba a reunirse con sus hijos, señalaba el montón formado sobre el banco y decía:

—*Nu*, ¿y los zapatos? ¿Quién va a remendarlos?

Transcurrían los años, y él no tenía idea de cómo ni dónde se iban desvaneciendo. Pasaron por Frampol predicadores viajeros con inquietantes noticias del mundo exterior. En la sinagoga de los sastres, a la que Abba seguía acudiendo, los jóvenes hablaban de guerra y de decretos antisemitas, de judíos que se iban congregando en Palestina. Campesinos que habían sido clientes suyos durante años se apartaban de él y acudían a los zapateros polacos. Y un día, oyó decir el anciano que era inminente una nueva guerra mundial. Hitler —¡sea borrado su nombre!— había levantado sus legiones de bárbaros y amenazaba con apoderarse de Polonia. Ese azote de Israel había expulsado de Alemania a los judíos, como en tiempos España. El anciano pensó en el Mesías y se sintió terriblemente excitado. ¿Quién sabe? ¡Tal vez iba a venir realmente el Mesías, y resucitarían de sus tumbas los muertos! Veía abrirse las sepulturas y salir de ellas a los pequeños zapateros, Abba, Getzel, Treitel, Gimpel, su abuelo, su padre. Les hacía entrar en su casa y les obsequiaba con vino y pasteles. Su mujer, Pesha, se avergonzaba de encontrar la casa en aquel estado, pero «no importa —le aseguraba él—, ya encontraremos a alguien que haga la limpieza. ¡Mientras estemos todos juntos!» Súbitamente, aparece una nube, envuelve a la ciudad de Frampol —la sinagoga, la casa de estudio, el baño ritual, todas las casas judías, la suya entre ellas— y transporta a todo el poblado a la tierra santa. Imaginad su asombro cuando encuentra a sus hijos de América. Caen a sus pies gritando: «¡Perdónanos, padre!»

Cuando Abba se representaba estos acontecimientos, su martillo batía más rápidamente. Veía a los pequeños zapateros vestidos para el Sabbath con sedas y rasos, con flotantes túnicas y anchas fajas, entrar jubilosos en Jerusalén. Oran en el templo de Salomón, beben vino del Paraíso y comen del poderoso buey y de Leviatán. El viejo Jochachan, el zapatero, famoso por su piedad y su sabiduría, saluda a la familia y se *lanza* a una discusión sobre la Torá y el arte de la zapatería. Terminado el Sabbath, toda la familia vuelve a Frampol, que se ha convertido en parte de la tierra de Israel, y entra de nuevo en el viejo hogar. Aunque la casa sigue siendo tan pequeña como siempre, hay milagrosamente espacio suficiente en ella, como la morada de un ciervo, tal como está escrito en el Libro. Todos trabajan en un mismo banco, Abbas, Gimpels, Getzels, Godels, los Treitels y los Lippes, cosiendo sandalias doradas para las hijas de Zion y señoriales botas para los hijos. El Mesías mismo visita a los pequeños zapateros y hace que le tomen medidas para un par de zapatillas de seda.

Una mañana, mientras Abba se hallaba sumido en sus pensamientos, oyó un tremendo estampido. El anciano sintió un estremecimiento: ¡el resonar de la trompeta del Mesías! Dejó caer la bota sobre la que estaba trabajando y salió corriendo en éxtasis. Pero no era Elías, el profeta, proclamando al Mesías. Aviones nazis bombardeaban Frampol. El pánico se había adueñado de la ciudad. Cayó una bomba cerca de la sinagoga, con tal estruendo que Abba sintió retemblar su cerebro. Ante él se abrió el infierno. Brilló un fogonazo seguido de un estallido que iluminó todo Frampol. Una nube negra se alzó sobre el patio de la sinagoga. Bandadas de pájaros aleteaban en el cielo. Mirando hacia abajo, Abba vio los huertos semiocultos por grandes columnas de humo. Los manzanos en flor estaban ardiendo. Varios hombres que se hallaban cerca de él se arrojaron al suelo y le gritaron que hiciese lo mismo. No les oyó; sus labios se movían sin que le llegara ningún sonido. Estremecido de miedo y tembándole las rodillas, volvió a entrar en la casa y llenó un saco con su manto de oraciones y sus filacterias, una camisa, sus herramientas de zapatero y el dinero que guardaba escondido en el colchón de paja. Luego, cogió un bastón, besó el mezuzá y se dirigió a la puerta. Fue un milagro que no muriera en aquel instante; la casa se incendió en el preciso momento de salir él. Se abrió el tejado como una tapa, dejando al descubierto el desván con sus tesoros. Se desplomaron las paredes. Volvióse Abba y vio envuelto en llamas el estante de los libros sagrados. Las ennegrecidas páginas se agitaban en el aire con resplandecientes letras, como la Torá dada a los judíos en el monte Sinaí.

V

A TRAVÉS DEL OCÉANO

A partir de aquel día, la vida de Abba experimentó una profunda transformación; era como una historia leída en la Biblia, un cuento fantástico oído de labios de un predicador forastero. Había abandonado la casa de sus antepasados y el lugar de su nacimiento y, con su cayado en la mano, vagaba errante por el mundo como el patriarca Abraham. La desolación de Frampol y de los pueblos vecinos le hizo pensar en Sodoma y Gomorra, abrasadas como el interior de un horno candente. Pasaba las noches en el cementerio con los demás judíos, tendido en el suelo y con la cabeza apoyada en una lápida, al igual que hizo Jacob en Betel cuando se hallaba en camino desde Beercheva a Harán.

En la fiesta de Rosh Hashana los judíos de Frampol oficiaron servicios en el bosque, dirigiendo Abba la solemnísima oración de las Dieciocho Bendiciones, porque él era el único que poseía un manto de oraciones. Se situó de pie bajo un pino que servía de altar y con voz ronca entonó la letanía de los Días de Temor. Un cuco y un pájaro carpintero lo acompañaban, y todas las aves de los alrededores gorjeaban, silbaban y ululaban. A finales de verano, las telas de araña se mecían en el aire y se enredaban en la barba de Abba. De vez en cuando resonaba en el bosque un bramido, semejante al sonido del cuerno de carnero al ser soplado. Al acercarse el Día de Expiación, los judíos de Frampol se levantaban a medianoche para rezar la oración en súplica de perdón, recitándola en fragmentos, tal como podían recordarla. Los caballos relinchaban en los cercanos pastos, las ranas croaban en la fría noche. A lo lejos, resonaban intermitentemente los estampidos de los cañonazos; las nubes se teñían de un tinte rojizo. Caían meteoros; fugaces centellas surcaban el cielo. Niños hambrientos, exhaustos de tanto llorar, enfermaban y morían en brazos de sus madres. Había muchos entierros en los campos abiertos. Una mujer dio a luz.

Abba tenía la impresión de haberse convertido en su propio tatarabuelo, el que había huido de los pogroms de Chmielnitzki y cuyo nombre se halla inscrito en los anales de Frampol. Estaba dispuesto a ofrecerse a sí mismo en Santificación del Nombre. Soñaba con sacerdotes e Inquisiciones y, cuando el viento soplaba entre las ramas de los árboles, oía clamar a los martirizados judíos: «Escucha, oh Israel, al Señor nuestro Dios, el Señor es sólo Uno.»

Afortunadamente, Abba pudo ayudar a muchos judíos con su dinero y sus herramientas de zapatero. Con el dinero alquilaron carretas y huyeron hacia el sur, en dirección a Rumania; pero a menudo tenían que recorrer largas distancias y sus zapatos se rompían. Abba se detenía bajo un árbol y empuñaba sus herramientas. Con la ayuda de Dios, lograron cruzar de noche la frontera rumana. A la mañana siguiente, víspera de Yom Kippur, una anciana viuda acogió a Abba en su casa. Fue enviado un telegrama a los hijos de Abba en América informándoles de que su padre estaba a salvo.

Podéis estar seguros de que los hijos de Abba removieron cielos y tierra para rescatar al anciano. Cuando supieron su paradero corrieron a Washington y, con grandes dificultades, obtuvieron un visado de entrada para él; entonces giraron una suma de dinero al cónsul americano en Bucarest rogándole que ayudara a su padre. El cónsul envió un correo a Abba, y éste fue instalado en el tren con destino a Budapest. Quedó allí una semana y, luego, fue trasladado a un puerto italiano, donde fue rapado, despiojado y se sometió a limpieza al vapor toda su ropa. Se le colocó a bordo del último buque que zarpaba para los Estados Unidos.

Fue un viaje largo y penoso. El tren de Rumania a Italia se arrastraba lentamente subiendo y bajando cuestas durante treinta y seis horas. Se le dio alimento, pero, por miedo a tocar algo ritualmente impuro, no comió nada en absoluto. Había perdido sus filacterias y su manto de oraciones; con ellas perdió también toda noción del tiempo y ya no distinguía entre el sábado y los demás días de la semana. Al parecer, era el único pasajero judío de a bordo. Había en el buque un hombre que hablaba alemán, pero Abba no podía entenderle.

Fue un crucero tormentoso. Abba se pasaba echado casi todo el tiempo y vomitaba frecuentemente bilis, aunque no tomaba más que agua y mendrugos resecos. Dormía y se despertaba con el constante palpitar de los motores día y noche y con los largos y amedrentadores aullidos de las sirenas de señales. La puerta de su camarote estaba batiendo continuamente como si un duende maligno se entretuviera en hacerla oscilar. La cristalería del armario temblaba y se agitaba; las paredes se estremecían; la cubierta se bamboleaba como una cuna.

Durante el día, Abba atisbaba por el ojo de buey que se abría encima de su litera. El barco se encabritaba como si pretendiera trepar al firmamento, y el rasgado cielo se desplomaba como si el mundo entero retornara al originario caos. Luego, el barco volvía a zambullirse en el océano, y de nuevo el firmamento se separaba de las aguas, como en el libro del Génesis. Las olas eran de un color amarillo sulfuroso y negro. Un momento se alzaban mellando el horizonte como una cordillera, recordando a Abba las palabras del salmista: «Las montañas saltaban como carneros, las pequeñas colinas como corderos.» Y, al siguiente, volvían a desplomarse como en la milagrosa separación de las aguas. Abba no era hombre muy instruido, pero cruzaban por su mente referencias bíblicas, y se veía a sí mismo como el profeta Jonás, que huyó de Dios. Él también yacía en el vientre de una ballena y, como Jonás, rezaba a Dios para ser liberado. Luego, le parecía que aquello no era un océano, sino un infinito desierto hormigueante de serpientes, monstruos y dragones, como está escrito en el Deuteronomio. Apenas pegaba ojo por las noches. Cuando se levantaba para hacer sus necesidades, se sentía débil y perdía el equilibrio. Con gran dificultad, se afirmaba sobre sus pies y, con las rodillas temblorosas, se extraviaba por el estrecho y tortuoso pasillo, gimiendo y pidiendo ayuda, hasta que un marinero volvía a llevarle al camarote. Siempre que esto sucedía le invadía la seguridad de que iba a morir. Ni siquiera recibiría un decente entierro judío, sino que sería sumergido en el océano. Y hacía su confesión golpeándose el pecho con su nudoso puño y exclamando:

—¡Perdóname, Padre!

Así como era incapaz de recordar cuándo empezó su viaje, del mismo modo le pasó inadvertido el momento en que terminó. El buque había sido amarrado ya a los muelles del puerto de Nueva York, pero Abba no tenía la más mínima idea de ello. Veía torres y enormes edificios, pero los tomó por las pirámides de Egipto. Un hombre alto con sombrero blanco entró en el camarote y le gritó algo, pero él permaneció inmóvil. Al fin, le ayudaron a vestirse y le llevaron al muelle, donde le estaban esperando sus hijos, sus nueras y sus nietos. Abba se quedó aturdido: un grupo de nobles polacos, condes y condesas, chicos y chicas gentiles, se echaron sobre él, le abrazaron y le besaron gritando en un idioma extraño que era y, a la vez, no era yiddish. Medio le condujeron, medio le llevaron en vilo y le colocaron en un automóvil. Llegaron otros coches, ocupados por los parientes de Abba, y emprendieron la marcha, raudos como flechas, sobre puentes, ríos y tejados. Los edificios avanzaban y retrocedían como por arte de magia; algunos de ellos tocaban el cielo. Ciudades enteras se extendían ante él. Abba pensó en Pithom y Ramsés. El coche corría a tanta velocidad que le parecía que la gente de la calle se movía hacia atrás. El aire estaba lleno de truenos y relámpagos, estruendo de voces y trompetas; era una boda y una conflagración a la vez. Las naciones habían enloquecido, una fiesta pagana…

Sus hijos se aglomeraron a su alrededor. Les veía como entre una niebla y no les conocía. Hombres pequeños, de cabellos blancos. Le gritaban, como si fuera sordo:

—¡Soy Gimpel!

—¡Getzel!

—¡Feivel!

El anciano cerró los ojos y no respondió. Sus voces se entremezclaban; todo se volvía confuso y atropellado. Súbitamente, pensó en la llegada de Jacob a Egipto, donde fue recibido por las carrozas del Faraón. Tuvo la impresión de haber vivido la misma experiencia en una encarnación anterior. Su barba empezó a temblar; un ronco sollozo se alzó de su pecho. Un olvidado pasaje de la Biblia se le anudó en la garganta.

A ciegas, abrazó a uno de sus hijos y sollozó:

—¿Eres tú? ¿Vivo?

Había querido decir: «Ya puedo morir, porque he visto tu rostro, porque estás todavía vivo.»

VI

LA HERENCIA AMERICANA

Los hijos de Abba vivían en las afueras de una ciudad de Nueva Jersey. Sus siete casas, rodeadas de jardines, se alzaban a orillas de un lago. Todos los días acudían a la fábrica de zapatos, propiedad de Gimpel, pero el día de la llegada de Abba hicieron vacación y prepararon una fiesta en su honor. Iba a celebrarse en casa de Gimpel y en total conformidad con las leyes alimenticias. La esposa de Gimpel, Bessie, cuyo padre había sido profesor de hebreo en su país de origen, recordaba todos los rituales y los observó cuidadosamente, llegando incluso a cubrirse la cabeza con un pañuelo. Sus cuñadas hicieron lo mismo, y los hijos de Abba se pusieron las gorras que en otro tiempo habían llevado en los Días Santos. Los nietos y bisnietos, que no sabían ni una palabra de yiddish, aprendieron unas cuantas frases. Habían oído las leyendas de Frampol y tenían noticia de los pequeños zapateros y del primer Abba de la dinastía familiar. Hasta los gentiles de la vecindad estaban bastante familiarizados con aquella historia. En los anuncios que Gimpel publicaba en los periódicos había manifestado orgullosamente que su familia pertenecía a la aristocracia de la zapatería:

> Nuestra experiencia se remonta a trescientos años, en la ciudad polaca de Brod, donde nuestro antepasado, Abba, aprendió el oficio de un artesano local. La comunidad de Frampol, donde nuestra familia ha ejercido su profesión a lo largo de quince generaciones, le otorgó el título de Maestro en reconocimiento por sus caritativas acciones. Este sentido de responsabilidad pública ha sido unido siempre a nuestra devoción a los más elevados principios de la profesión y a nuestra invariable norma de servir honradamente a nuestros clientes.

El día de la llegada de Abba los periódicos de Elizabeth publicaban un suelto anunciando que los siete hermanos componentes de la famosa Compañía fabricante de zapatos recibían a su padre procedente de Polonia. Gimpel recibió un montón de telegramas de felicitación de fabricantes rivales, parientes y amigos.

Fue una fiesta extraordinaria. Se dispusieron tres mesas en el comedor de Gimpel; una para el anciano, sus hijos y sus nueras; otra para los nietos, y la tercera para los bisnietos. Aunque en la estancia penetraba la luz del día, se alineaban en las mesas velas rojas, azules, amarillas y verdes, y sus llamas proyectaban reflejos en los platos y cubiertos, los vasos de cristal y las copas de vino, las grandes garrafas que recordaban la Pascua. Había profusión de flores en todos los rincones. Las nueras de Abba hubieran preferido, desde luego, ver a Abba adecuadamente vestido para la ocasión, pero Gimpel se mantuvo firme, y se le permitió a Abba pasar su primer día con la tradicional túnica al estilo de Frampol. Aun así, Gimpel contrató a un fotógrafo para que tomara instantáneas durante el banquete —con el fin de publicarlas en los periódicos—, e invitó a un rabino y a un cantor para que honrasen al anciano con cánticos tradicionales.

Abba se sentó en un sillón a la cabeza de la mesa. Gimpel y Getzel le llevaron una taza y vertieron agua sobre sus manos para la bendición de los alimentos. Los manjares eran servidos en bandejas de plata llevadas por mujeres de color. Fueron colocadas ante el anciano toda clase de jugos de fruta y de ensaladas, vinos dulces, coñac, caviar. Pero el Faraón, José, la mujer de Putifar, la tierra de Goshen, el cocinero y el mayordomo rodaban incansable y vertiginosamente en su cabeza. Le temblaban las manos tan violentamente que era incapaz de tomar por sí mismo los alimentos, de modo que

Gimpel tuvo que ayudarle. Por mucho que sus hijos le hablaran, todavía no podía dirigirles a solas la palabra. Siempre que sonaba el teléfono daba un respingo y se sobresaltaba... Los nazis estaban bombardeando Frampol. La casa entera giraba en torbellino como un carrusel, las mesas estaban en el techo, y todo el mundo se hallaba sentado cabeza abajo. Su rostro había adquirido una enfermiza palidez a la luz de las velas y de las lámparas eléctricas. Quedose dormido poco después de tomar la sopa, mientras estaba siendo servido el pollo. Rápidamente, le llevaron al dormitorio, le desnudaron y llamaron a un médico.

Pasó varias semanas en la cama, dormitando en un estado de semiinconsciencia y sumido en un febril sopor. Le faltaban fuerzas incluso para rezar sus oraciones. En su alcoba había una enfermera día y noche. Al cabo, se recuperó lo suficiente para dar unos cuantos pasos fuera de la casa, pero sus sentidos se mantenían aún en desorden. Entraba a los armarios, se encerraba en el cuarto de baño y se le olvidaba cómo salir; el timbre de la puerta y la radio le espantaban, y padecía una constante ansiedad a causa de los coches que cruzaban por delante de la casa. Un día, Gimpel le llevó a una sinagoga situada a quince kilómetros de distancia, pero aun allí se sentía aturdido. El sacristán estaba impecablemente afeitado; los candelabros tenían luces eléctricas; no había patio, ni grifo para lavarse las manos, ni estufa junto a la cual sentarse. El chantre, en vez de cantar como debía hacerlo un chantre, graznaba y parloteaba. Los miembros de la congregación llevaban pequeños mantos de oración, como bufandas en torno a sus cuellos. Abba estaba seguro de haber sido llevado a una iglesia para ser convertido...

Cuando llegó la primavera y no se apreció en él mejora alguna, las nueras empezaron a insinuar que no sería tan mala idea hacer que volviera a su patria. Pero entonces ocurrió algo imprevisto. Un día, al abrir por casualidad un armario, vio tirado en el suelo algo que se le antojó vagamente familiar. Volvió a mirarlo y reconoció su equipo de zapatero de Frampol: horma, martillo y clavos, su cuchillo y sus tenazas, su lima y su lezna, incluso un zapato roto. Abba se estremeció de excitación; apenas podía dar crédito a sus ojos. Se sentó en una banca y empezó a hurgar con dedos torpes y vacilantes. Cuando Bessie entró y le vio jugando con un viejo y sucio zapato se echó a reír.

—¿Qué está haciendo, padre? Tenga cuidado, o se cortará, no lo quiera Dios.

Aquel día, Abba no se quedó dormitando en la cama. Trabajó afanosamente hasta la noche y comió con más apetito su acostumbrado trozo de pollo. Dirigió una sonrisa a sus nietos cuando fueron a ver lo que estaba haciendo. A la mañana siguiente, cuando Gimpel contó a sus hermanos cómo había vuelto su padre a sus viejas costumbres se echaron a reír y no hicieron mayor caso de ello, pero pronto quedó claro que la actividad era la salvación del anciano. Se ocupaba en ella día tras día incansablemente, rebuscando zapatos viejos en los armarios y rogando a sus hijos que le proporcionasen cuero y herramientas. Cuando se las dieron, remendó hasta el último par de zapatos de toda la casa, de hombre, de mujer o de niño. Después de las fiestas de Pascua, los hermanos se reunieron y acordaron construir un pequeño cobertizo en el patio. Instalaron en él un banco de zapatero y pusieron suelas de cuero, clavos, tintes, cepillos…

todo lo que, por remotamente que fuese, se hallara relacionado con el oficio.

Abba se sentía animado de una nueva vida. Sus nueras comentaban asombradas que parecía quince años más joven. Como en los tiempos de Frampol, se levantaba al amanecer, decía sus oraciones y se aplicaba inmediatamente al trabajo. Volvió a utilizar una cuerda de nudos como cinta métrica. El primer par de zapatos, que confeccionó para Bessie, fue la comidilla de la vecindad. Ella se había quejado siempre de que le dolían los pies, pero aquellos zapatos, insistía, eran los más cómodos que había llevado jamás. Las demás muchachas no tardaron en seguir su ejemplo y quedaron igualmente satisfechas. Luego, llegaron los nietos. Incluso algunos de los gentiles de los alrededores acudieron a Abba cuando se enteraron del entusiasmo con que se dedicaba a confeccionar zapatos a medida. Tenía que comunicarse con ellos por medio de señas casi exclusivamente, pero se entendían muy bien. En cuanto a los nietos más jóvenes y a los bisnietos, habían adquirido la costumbre de situarse en la puerta para contemplarle mientras trabajaba. Ganaba ya dinero y les regalaba caramelos y juguetes. Empezó a instruirles en los rudimentos del hebreo y de la devoción.

Un domingo, entró Gimpel en el taller y, medio en serio, medio en broma, se arremangó y se puso al lado de Abba en el banco. Los demás hermanos no iban a ser menos, y al domingo siguiente, había ocho bancas en el cobertizo. Los hijos de Abba se echaron sobre las rodillas delantales de tela de saco y empezaron a trabajar cortando suelas, haciendo tacones, abriendo agujeros y clavando clavos, como en los buenos tiempos. Las mujeres se habían reunido en la puerta riendo, pero se enorgullecían de sus hombres, y los niños estaban fascinados. El sol se filtraba por las ventanas, y motas de polvo danzaban en los rayos de luz. En el alto cielo de primavera, deslizándose sobre la hierba y el agua, flotaban lentamente nubes con formas de extrañas vegetaciones, de barcos, de rebaños de ovejas, de manadas de elefantes. Cantaban los pájaros, zumbaban las moscas, revoloteaban las mariposas.

Abba levantó sus pobladas cejas, y sus ojos tristes contemplaron a sus descendientes, los siete zapateros: Gimpel, Getzel, Treitel, Godel, Feivel, Lippe y Chananiah. Tenían los cabellos blancos, aunque aún subsistían entre ellos doradas hebras. No, gracias a Dios, no se habían hecho idólatras en Egipto. No habían olvidado su herencia, ni se habían perdido entre los indignos. El anciano carraspeó profundamente y empezó a cantar de pronto, con voz ronca y sofocada:

> *Una madre tenía*
> *diez chiquillos,*
> *¡oh, Señor, diez chiquillos!*
>
> *El sexto era Velvele,*
> *el séptimo era Zeinvele,*
> *el octavo era Chenele,*
> *el noveno era Tevele,*
> *el décimo era Judele...*

Y los hijos de Abba corearon el estribillo:

> *¡Oh, Señor, Judele!*

ALEGRÍA

I

El rabino Bainish, de Komarov, después de enterrar a su tercer hijo, dejó de rezar por los otros tres. Sólo le quedaban un hijo y dos hijas, y todos escupían sangre. Su mujer irrumpía frecuentemente en la soledad de su estudio y exclamaba:

—¿Por qué estás tan callado? ¿Por qué no remueves cielos y tierra? —se lamentaba, con los puños cerrados—. ¿De qué sirve toda tu ciencia, tus oraciones, los méritos de tus antepasados, tus prolongados ayunos? ¿Qué tiene contra ti nuestro Padre celestial? ¿Por qué tiene que dirigir contra ti toda su ira?

En su desesperación, cogí una vez un libro sagrado y lo arrojó al suelo. El rabino Bainish lo recogió en silencio. Su contestación invariable era: «¡Déjame solo!»

Aunque aún no había cumplido los cincuenta años, la barba del rabino, tan rala que se podían contar sus hebras, se había vuelto blanca como la barba de un anciano. Su cuerpo se encorvaba. Sus austeros ojos negros miraban sin ver el infinito. Ya no explicaba la Torá, ni presidía los banquetes. Llevaba varias semanas sin aparecer por la casa de estudio.

Aunque sus discípulos venían de otras ciudades a visitarle, tenían que volverse sin que se les hubiera permitido siquiera saludarle. Permanecía silencioso tras su cerrada puerta. La multitud, sus hasidim de todos los días, fueron dispersándose gradualmente entre otros rabinos. Solamente permanecieron los viejos hasidim, su círculo íntimo, los sabios y prudentes. Cuando murió Rebeca, su hija menor, el rabino ni siquiera siguió su féretro. Dio órdenes a su ayudante, Avigdor, para que cerrara las ventanas, y permanecieron cerradas. A través de una abertura en forma de corazón, existente en los postigos, penetraba la exigua luz que le permitía al rabino leer en sus libros. Ya no recitaba los textos en voz alta; se limitaba a hojearlos, abriendo un libro por un lugar y luego por otro y, con un ojo cerrado, miraba perezosamente más allá de las páginas y las paredes. Mojando una pluma en el tintero, disponía una hoja de papel, pero no escribía. Llenaba una pipa, pero no la encendía. No había señal de que hubiera tocado el desayuno y la cena que habían sido llevados a su estudio. Así pasaron semanas y meses.

Un día de verano, el rabino apareció en la casa de estudio. Varios muchachos y hombres jóvenes estaban estudiando allí, mientras un par de ancianos se hallaban ociosos, meditando. Como el rabino había estado ausente tanto tiempo, todos se asustaron al verle. Dando un paso en una dirección y luego retrocediendo, el rabino preguntó:

—¿Dónde está Reb Abraham Moshe de Borisov?

—En la posada —respondió un joven que no había enmudecido.

—¿Quieres hacer el favor de llamarle de mi parte?

—Enseguida, rabí.

El joven se encaminó inmediatamente a la posada. El rabino se dirigió a los estantes, cogió un libro al azar, lo hojeó y volvió a dejarlo en su sitio. Se quedó allí, de pie, con su suelta túnica, sus orladas vestiduras, con el sombrero echado hacia atrás, el cabello revuelto, las cejas contraídas. La casa de estudio se hallaba tan silenciosa que podía oírse el sonido del agua goteando en el estanque y el zumbido de las moscas en torno a las velas. El viejo reloj de pared, con sus largas cadenas y sus granadas en la esfera, rechinó y dio las tres. Por las abiertas ventanas se divisaban los árboles frutales del huerto y penetraban los gorjeos de los pájaros. En los sesgados haces de polvo vibraban minúsculas partículas que, sin ser espíritu, no eran ya materia, reflejando polícromas irisaciones. El rabino llamó con una seña a un muchacho que había salido hacía poco de la escuela hebrea y que empezaba a leer solo el Talmud.

—¿Cómo te llamas?

—Moshe.

—¿Qué estás estudiando?

—El primer volumen.

—¿Qué capítulo?

—*Shur Shenagah ath haparah.*

—¿Cómo traduces eso?

—Un toro corneó a una vaca.

El rabino movió los pies.

—¿Por qué corneó el toro a la vaca? ¿Qué le había hecho la vaca?

—Un toro no razona.

—Pero Aquel que creó al toro puede razonar.

El muchacho no supo qué contestar a eso. El rabí le pellizcó la mejilla.

—Bien, sigue estudiando —dijo, volviéndose a su cuarto.

Reb Abraham Moshe llegó poco después. Era un hombre de baja estatura y rostro juvenil, barba canosa y plateados aladares, que llevaba una larga túnica, un ancho cinturón verde y usaba una pipa que le llegaba hasta las rodillas. Se tocaba con una alta gorra. Sus excentricidades eran harto conocidas. Recitaba por la tarde la oración de la mañana, y la oración de la tarde mucho después de que otros hubieran regresado del oficio vespertino. Cantaba salmos en Purim y dormía durante la oración de Kol Nidre. La víspera de Pascua, cuando todo el mundo celebraba la fiesta pascual, él estudiaba un comentario de los tratados talmúdicos sobre daños y compensaciones. Se rumoreaba que una vez, en la taberna, había ganado una partida de ajedrez a un general, y que el general le había recompensado concediéndole una licencia para vender aguardiente. El negocio lo llevaba su mujer; él pasaba más tiempo en Komarov que en casa. Decía que vivir en Komarov era como estar al pie del monte Sinaí: el aire mismo le purificaba a uno. Con aire más jocoso, comentaba que no había necesidad de estudiar en Komarov; bastaba con echarse en un banco de la casa de estudio e inhalar la Torá al mismo tiempo que se respiraba. Los hasidim sabían que el rabino tenía a Reb Abraham Moshe en la más alta estima, discutía con él esotéricas doctrinas y le pedía su opinión. Reb Abraham Moshe se sentaba siempre a la cabeza de la mesa. Sin embargo, cada vez que visitaba al rabino se vestía con todo esmero, como un joven. Se lavaba las manos, abrochaba su caftán, rizaba sus aladares y se peinaba la barba. Entraba con reverencia, como se entra en la casa de un santo.

El rabino no le había mandado llamar desde que murió Rebeca; eso denotaba por sí solo la profundidad del dolor del rabino. Rcb Abraham Moshe no se demoró esta vez, como tenía por costumbre, sino que caminó apresuradamente, casi corriendo. Al llegar a la puerta de la casa del rabino, se detuvo un momento, se tocó la gorra y el pecho, se enjugó la frente con un pañuelo y entró con aire tranquilo. El rabino, que había abierto uno de los postigos, se hallaba sentado en el viejo sillón de brazos de marfil, fumando una pipa. Había sobre la mesa un vaso medio lleno de té y, a su lado, un panecillo. Al parecer, el rabino se había recobrado.

—Estoy aquí, rabí —dijo Reb Abraham Moshe.

—Ya veo. Siéntate.

—Gracias.

El rabino guardó silencio unos momentos.

Apoyó su afilada mano en el borde de la mesa y se contempló las blancas uñas de sus largos dedos. Luego, dijo:

—Abraham Moshe, es malo.

—¿Qué es malo?

—Abraham Moshe, es peor de lo que crees.

—¿Qué podría ser peor? —preguntó irónicamente Abraham Moshe.

—Abraham Moshe, los ateos tienen razón. No hay justicia ni Juez.

Reb Abraham Moshe estaba acostumbrado a las duras palabras del rabino. En Komoróv no se perdonaba ni siquiera al Señor del Universo. Pero ser rebelde es una cosa; negar a Dios, otra bien distinta. Reb Abraham Moshe palideció. Le temblaron las rodillas.

—¿Quién gobierna entonces el mundo, rabí?

—No está gobernado.

—¿Quién, entonces?

—¡Una completa mentira!

—Vamos, vamos…

—Un montón de estiércol…

—¿De dónde vino el estiércol?

—En el principio era el estiércol.

Reb Abraham Moshe se estremeció. Quiso hablar, pero los argumentos se le agarrotaron en la garganta. «Bueno, es su pena la que habla», pensó. Sin embargo, se encontraba estupefacto. Si Job pudo soportarlo, también debería soportarlo el rabino.

—¿Qué debemos hacer entonces, rabí? —preguntó roncamente Reb Abraham Moshe.

—Debemos adorar ídolos.

Reb Abraham Moshe se aferró al borde de la mesa para no caerse.

—¿Qué ídolos? —preguntó. Todo en su interior parecía tensarse.

El rabino soltó una breve risa.

—No te asustes; no te enviaré al sacerdote. Si los ateos tienen razón, ¿qué diferencia hay entre Terah y Abraham? Cada uno sirvió a un ídolo diferente. Terah, que era de inteligencia muy simple, inventó un dios de arcilla. Abraham inventó un Creador. Lo que uno inventa es lo que importa. Hasta una mentira puede albergar algo de verdad.

—Estás de broma —murmuró Reb Abraham Moshe.

Tenía la boca seca y la garganta contraída.

—Bueno, deja ya de temblar. Siéntate.

Reb Abraham Moshe se sentó. El rabino se incorporó, caminó hacia la ventana y permaneció allí largo rato con la mirada perdida ante sí. Luego, se dirigió al armario de los libros. Éste, que olía a vino y a apagadas velas de despedida, contenía un especiero, una caja de limón y un candelabro Hanukkah. El rabino tomó un Zohar, lo abrió al azar, ojeó una página y, chasqueando los labios, exclamó:

—¡Una estupenda invención! ¡Estupenda!

II

Los hasidim se iban apartando cada vez más. Sólo unos cuantos se reunían los sábados en la casa de estudio. Todos los ayudantes, menos Avigdor, le habían abandonado. Encontrando insoportable su soledad, la esposa del rabino se marchó a hacer una larga visita a su hermano, el rabino de Biala. Reb Abraham Moshe se quedó en Komarov. Pasaba un sábado al mes con su familia en su ciudad natal. Si no se debe abandonar a un hombre cuando su cuerpo está enfermo, razonaba, con mayor motivo debe evitarse dejarle solo durante la enfermedad de su alma. Si su rabino estuviese cometiendo pecados, Dios no lo quiera, entonces estaría prohibido relacionarse con él, pero en realidad su piedad era ahora mayor que nunca. Rezaba, estudiaba, visitaba la casa de baños ritual. Y ponía tal ardor en su caridad que vendió sus más queridas posesiones —las palmatorias de plata, el gran candelabro a Hanukkah, su reloj de oro, la bandeja de Pascua— y entregó el producto a los pobres. Reb Abraham Moshe le dijo, con tono de reproche, que estaba despilfarrando su patrimonio, pero el rabino respondió:

—Los pobres *existen*. Ésa es una cosa de la que podemos estar seguros.

Pasó el verano, y llegó el mes de Elul. Los días de entre semana, Avigdor, el ayudante, soplaba el cuerno de carnero en la casa de estudio. Durante el mes de Elul, Komarov solía estar abarrotado; no había camas suficientes en las posadas, y los jóvenes dormían en bodegas, desvanes, graneros. Pero aquel año en Komarov reinaba la calma. Los postigos permanecían cerrados en las posadas. La hierba crecía libremente en el patio del rabino; no había nadie que la hollara. Hebras de tela de araña flotaban en el aire. Las peras, manzanas y ciruelas maduraban en los árboles del huerto, porque los muchachos que solían recogerlas habían desaparecido. El ritmo de los pájaros sonaba más fuerte que nunca. Los topos excavaban numerosos montones de tierra. En algunos matorrales brotaban bayas venenosas. Un día, cuando se dirigía a la casa de baños, el rabino arrancó una de estas bayas. «Si una cosa como ésta puede convertirle a uno en cadáver —pensó—, ¿qué es un cadáver?» La olió y la tiró lejos de sí. «Si todo depende de una baya, entonces todos nuestros asuntos son bayas.» El rabino entró en la casa de baños.

—Bien, demonios, ¿dónde estáis? —exclamó en voz alta, y el eco le devolvió sus palabras—. Por lo menos, que haya diablos.

Se sentó en el banco, se desnudó, levantó su orlada túnica y la examinó.

—Fibras y nudos y nada más…

El agua estaba fría, pero le daba lo mismo. «¿Quién tiene frío? Y si uno tiene frío, ¿qué?» La frigidez del agua le cortaba la respiración, y se agarró a la barandilla. Luego, se sumergió y permaneció largo rato bajo el agua. Algo en su interior se estaba riendo. «Mientras respires debes respirar.» El rabino se secó y se vistió. Volvió a su estudio y abrió un libro de la Cábala, *Las dos Tablas de la Alianza*. Allí está escrito que «el rigor de la ley debería ser endulzado para privar a Satán de su sustento». «Bueno, y si todo es cuento, ¿qué?» El rabino guiñó un ojo, mientras seguía mirando con el otro. «¿El Sol? Cierra los ojos, y ya no hay sol. ¿Los pájaros? Tápate los oídos, y no hay pájaros. ¿Dolor? Come una baya silvestre, y ha desaparecido el dolor. ¿Qué queda, entonces? Nada en absoluto. El pasado ya no existe, y el futuro no ha llegado todavía. La conclusión es que nada existe más allá del momento presente. Bien, si es así no tenemos realmente por qué preocuparnos.»

Para la fiesta de Rosh Hashana no se reunieron en Komarov más de treinta hasidim. Aunque el rabino asistió al servicio con su velo y su manto, no era posible decir si rezaba, ya que se hallaba en silencio. Terminado el servicio, los hasidim se sentaron a la mesa, pero el asiento de su rabino estaba vacío. Un anciano entonó una canción, y los demás le acompañaron canturreando en voz baja. Reb Abraham Moshe repitió un comentario que el rabino había hecho sobre la Torá hacía veinte años. Gracias a Dios, el rabino estaba vivo, aunque para todos los efectos era como si hubiese muerto.

Avigdor llevó al cuarto del rabino una garrafa de vino, manzanas con miel, una cabeza de carpa, dos *challah*, un cuarto de pollo con zanahorias cocidas y una rebanada de piña para la bendición del primer fruto. Pero, aunque ya se había hecho de noche, el rabino no había tocado nada.

Había ayunado durante el mes de Elul. Sentía como si tuviera hueco el cuerpo. El hambre le mordía el estómago, pero un hambre que le resultaba ajena. ¿Qué tenía que ver él, Bainish de Komarov, con el alimento? ¿Debe uno rendirse a los apetitos del cuerpo? Y si uno resiste, ¿qué es lo que le ocurre? ¿Se muere? «Pues que se muera, si es eso lo que quiere. Yo estoy satisfecho.» Una mosca de un color verde dorado penetró por la ventana desde el otro lado de la cortina y se posó sobre el vidriado ojo de la carpa. El rabino murmuró:

—Bueno, ¿qué estás esperando? Come…

Mientras se hallaba sentado en su viejo sillón, en un nebuloso estado de semivigilia, absorto en pensamientos que no tenía conciencia plena de estar pensando y desentendido de todas las cosas externas, el rabino vio de pronto a su hija menor, Rebeca. Había entrado a través de la puerta cerrada y permanecía allí, erguida, pálida; con el cabello recogido en dos trenzas, luciendo su mejor vestido recamado en oro y llevando un libro de oraciones en una mano y un pañuelo en la otra. Sin recordar que había muerto, el rabino la miró con ligera sorpresa. «Es una muchacha desarrollada, ¿cómo no es novia?» Una extraordinaria dignidad se extendía por sus facciones; parecía como si acabara de recuperarse de una enfermedad; las perlas de su collar brillaban con un fulgor sobrenatural, con el aura de los Días de Temor. Miró al rabino con amorosa y recatada expresión.

—Felices fiestas, padre.

—Felices fiestas, feliz Año Nuevo —respondió el rabino.

—Padre, bendice la mesa.

—¿Qué? Claro, claro.

—Padre, reúnete con los invitados en la mesa.

Un helado estremecimiento recorrió la espina dorsal del rabino. «¡Pero si está muerta!» Sus ojos se le llenaron al instante de lágrimas, y se puso en pie de un salto para lanzarse hacia ella. Por entre el velo de lágrimas, la silueta de Rebeca se deformaba, se alargaba y quedaba medio difuminada, pero seguía todavía ante él. El rabino se fijó en el broche de plata de su libro de oraciones y en el encaje de su pañuelo. En su trenza izquierda llevaba prendida una cinta blanca. Pero su rostro, cual si se hallara cubierto con un velo, se disolvía en una confusa mancha. Se le quebró la voz.

—Hija mía, ¿estás ahí?

—Sí, padre.

—¿Por qué has venido?

—Por ti.

—¿Cuándo?

—Después de las fiestas.

Pareció retirarse. Su forma se diluía en la ondulante niebla, pero su vestido continuaba arrastrándose en pliegues y olas y emitiendo un luminiscente resplandor. Pronto se disolvió esto también y no quedó nada más que una sensación de milagro, un matiz sobrenatural, una sombra de celeste alegría. El rabino no lloraba, pero luminosas gotas caían sobre su blanca túnica de seda bordada con flores y hojas. Había una olorosa fragancia de mirto, arrayanes y azafrán. Sentía en la boca una empalagosa sensación, como si hubiera comido mazapán.

El rabino recordó lo que le había dicho Rebeca. Se puso su sombrero de piel, se levantó y abrió la puerta que conducía a la casa de estudio. Era la hora de la oración de la tarde, pero los viejos no se habían levantado aún de la mesa.

—Felices fiestas, amigos míos —dijo el rabino con voz jovial.

—Felices fiestas, rabí.

—Avigdor, quiero que bendigas la mesa.

—Estoy dispuesto, rabí.

Avigdor llevó el vino, y el rabino, entonando una melodía de fiesta, recitó la oración. Se lavó las manos con la bendición apropiada y dijo la oración para el pan. Después de tomar un poco de caldo, el rabino comentó la Torá, cosa que no había hecho hacía muchos años. Su voz era baja, aunque audible. El rabino habló sobre el tema de por qué se oscurece la luna en Rosh Hashana. La contestación es que en Rosh Hashana se reza por la vida, y la vida significa libre elección y la libertad es Misterio. Si se conociera la verdad, ¿cómo podría haber libertad? Si el infierno y el paraíso estuviesen en medio de la plaza del mercado todo el mundo sería santo. De todos los bienes derramados sobre el hombre, el más grande radica en el hecho de que el rostro de Dios le está oculto. Los hombres son los niños del Altísimo, y el Todopoderoso juega con ellos al escondite. Esconde su rostro, y los niños le buscan mientras tienen fe en su existencia. Pero, ¿y si —Dios no lo quiera— pierde uno su fe? El malvado vive de negaciones; las negaciones son también una fe en sí mismas, fe en el mal, y de ellas es posible extraer fuerza para el cuerpo. Pero si el varón piadoso pierde su fe, la verdad se le aparece puesta de manifiesto y vuelve a ser llamado. Éste es el simbólico significado de las palabras «cuando un hombre muere en una tienda»; cuando el varón piadoso pierde su categoría y queda, como el malvado, sin abrigo permanente, entonces brilla una luz desde arriba, y todas las dudas cesan…

La voz del rabino iba debilitándose gradualmente. Los ancianos, inclinados hacia él, escuchaban atentamente. Reinaba tal silencio en la casa de estudio que podía oírse el titilar de las velas. Reb Abraham Moshe palideció. Comprendía el significado que se ocultaba tras aquello. Una vez terminada la fiesta de Rosh Hashana, cursó varias cartas que había estado escribiendo durante toda la noche. La mujer del rabino regresó de Biala, y llegaron gran número de hasidim para Yom Kippur. El rabino había vuelto a ser el mismo de antes. Durante las fiestas de Succoth[1] comentó la Torá. En Hashanah Raba se pasó toda la noche, hasta el alba, rezando con sus hasidim. En Simchas Torá danzó sin cansancio alrededor del puesto de lectura. Sus hasidim dijeron más tarde que ni siquiera bajo el antiguo rabino —bendita sea la memoria— había celebrado jamás Komarov aquella fiesta con tanto entusiasmo. El rabino hablaba personalmente con cada uno de sus hasidim, preguntándoles por su familia y leyendo atentamente sus peticiones. Ayudaba a los niños a adornar el árbol con farolillos, cintas y racimos de uvas. Con sus propias manos, tejía cestos de hojas de lulab para los mirtos. Pellizcaba las mejillas de los niños que habían ido con sus padres y les daba golosinas. Por regla general, el rabino solía rezar solo y a hora avanzada, pero el día siguiente a Succoth rezó en la casa de estudio con el primer turno. Después del oficio pidió una taza de café. Reb Abraham Moshe y un círculo de jóvenes se quedaron mirando cómo bebía café el rabino. Entre sorbo y sorbo, daba una chupada a su pipa. Dijo:

—Quiero que sepáis que el mundo material carece de entidad.

[1] Éste es el nombre que se dio a la segunda estación en el éxodo de Egipto. (*N. del T.*)

Después del desayuno, el rabino rezó la acción de gracias. Luego, ordenó que le preparasen la cama y murmuró algo acerca de su viejo manto de oración. Nada más tenderse comenzó a agonizar. Su rostro se puso tan amarillo como su orlada túnica. Se le cerraron los párpados. Su frente cubierta de arrugas adquirió un extraño aspecto. Podía verse cómo se le iba escapando la vida de su cuerpo encogido y convulso. La mujer del rabino quiso llamar al médico, pero aquél le indicó por señas que no lo hiciera. Abrió los ojos y miró en dirección a la puerta. En el umbral, junto a la mezuzá, estaban todos, sus cuatro hijos y sus dos hijas, su padre —bendita sea su memoria— y su abuelo. Todos miraban reverentemente hacia él, expectantes, con los brazos extendidos. Cada uno de ellos emitía una luz diferente. Se inclinaban hacia delante, sin avanzar, como si les contuviera una barrera invisible. «De modo que así es —pensó el rabino—. Bien, ahora todo está claro.» Oyó sollozar a su mujer y quiso consolarla, pero no le quedaba nada de fuerza en su garganta ni en sus labios. De pronto, Reb Abraham Moshe se inclinó sobre él, como si comprendiera que el rabino quería hablar, y el rabino murmuró:

—Se debería estar siempre alegre.

Ésas fueron sus últimas palabras.

DEL DIARIO DE UN NO NACIDO

I

Donde el hombre no camina, donde el ganado no pisa, el trece y viernes del mes trece, entre el día y la noche, tras las Montañas Negras, en los desiertos bosques, junto al castillo de Asmodeo, a la luz de la luna encantada.

Yo, el autor de estas líneas, fui bendecido por una buena suerte que sólo sobreviene a uno entre diez mil: no nací. Mi padre, un estudiante de yeshivá, pecó como Onán, y yo fui creado de su simiente, medio espíritu, medio demonio, medio aire, medio sombra, cornudo como un macho cabrío y alado como un murciélago, con la inteligencia de un colegial y el corazón de un bandido. Soy y no soy. Silbo en las chimeneas y danzo en el baño público; vuelco la olla de la comida del Sabbath en la cocina del pobre; hago impura a una mujer cuando su marido vuelve de un viaje. Me gusta hacer toda clase de travesuras. Una vez, cuando un joven rabino estaba predicando su primer sermón en la sinagoga el Gran Sabbath que precede a la Pascua, me convertí en mosca y mordí al letrado varón en la punta de la nariz. Él agitó la mano para ahuyentarme, pero yo volé hasta el lóbulo de su oreja. Volvió a alzar la mano, mas yo me posé en su ancha frente y me paseé por entre los profundos y rabínicos surcos. Él predicaba, yo cantaba y sentía el placer de oír a aquel erudito recién salido del cascarón, completamente inexperto todavía, hojear afanosamente el texto y olvidar las profundidades que había esperado sacarse de la manga. ¡Oh, sí, sus enemigos tuvieron un Sabbath muy divertido! ¡Y cómo le regañó su mujer aquella noche! La disputa llegó hasta el extremo, me ruboriza decíroslo, que ella no quiso dejarle entrar en su cama la noche de Pascua, cuando todo marido judío debería ser rey y toda mujer judía reina. ¡Y si el destino tenía previsto que ella concibiera aquella noche al Mesías, yo frustré de raíz sus planes!

Como mi vida es eterna y como no tengo que preocuparme de ganar dinero, educar hijos ni dar cuentas de mis acciones, hago lo que me da la gana. Por las noches, espío a las mujeres en los baños rituales, o me llego hasta las alcobas de las gentes piadosas y escucho la conversación prohibida entre marido y mujer. Disfruto leyendo cartas ajenas. Son tan agudos mis oídos que puedo oír los pensamientos y, aunque no tengo boca y soy mudo como un pez, puedo, cuando se presenta la ocasión, hacer una incisiva observación. No necesito dinero, pero me gusta cometer pequeñas raterías. Robo alfileres de los vestidos de las mujeres y suelto sus lazos y sus nudos. Escondo testamentos y papeles importantes… ¡Qué maliciosas acciones no cometeré yo! Por ejemplo…

Un terrateniente judío, Reb Paltiel, hombre instruido y de distinguida familia y caritativo por naturaleza, se encontró de pronto reducido a la pobreza. Sus vacas dejaron de dar leche, su tierra se volvió estéril, sus abejas no fabricaban ya miel. Las cosas iban de mal en peor. Reb Paltiel comprendió que estaba cambiando su suerte y se dijo: «Bien, moriré pobre.» Tenía unos cuantos volúmenes del Talmud y un Salterio, así que se sentaba a estudiar y a rezar, pensando: «El Señor lo da y el Señor lo quita. Mientras tenga pan comeré, y cuando también eso me falte habrá llegado el momento de coger un saco y un bastón y salir a mendigar.»

El hombre tenía una mujer, Gerne Peshe, y ésta tenía en Varsovia un hermano rico, Reb Getz. La mujer empezó a reñir a su marido.

—¿Qué sentido tiene quedarte ahí sentado esperando a que se termine la última hogaza de pan? Ve a Varsovia y dile a mi hermano lo que ha sucedido.

Sin embargo, su marido era hombre orgulloso y replicó:

—No quiero favores de nadie. Si la voluntad de Dios es que yo reciba un donativo, volcará sobre mí su generosidad, y si mi destino es ser pobre ese viaje será una humillación innecesaria.

Pero como las mujeres han recibido nueve medidas de locuacidad y sólo media de fe, ella suplicó e insistió hasta que él no tuvo más remedio que capitular. Se puso su raído abrigo de piel cuyos bajos estaban comidos por las polillas, tomó un coche cubierto hasta Reivitz, desde allí hasta Lublín, y traqueteó y brincó durante varios días entre Lublín y Varsovia.

El viaje fue largo y penoso, el coche cubierto traqueteó por los caminos durante casi una semana. Por las noches, Reb Paltiel dormía en las posadas del camino. Era poco después de la fiesta de los Tabernáculos, cuando más intensas son las lluvias. Las ruedas del coche se hundían profundamente en el barro; sus radios se hallaban cubiertos de fango. Resumiendo una larga historia, el caso es que el Creso de Varsovia, Reb Getz, torció el gesto, gimió, se mordió la barba y murmuró que hasta de debajo de las piedras le estaban saliendo nuevos parientes, tanto por parte de él como por parte de su mujer. Y, finalmente, sacó un billete de quinientos florines, se lo dio a su cuñado pobre y le despidió con una mezcla de calor y frialdad, sonriendo y suspirando y rogándole que le diese recuerdos a su hermana. Después de todo, una hermana es una hermana, carne y sangre de uno mismo.

Reb Paltiel tomó el billete, lo guardó en el bolsillo interior y emprendió el regreso. Verdaderamente, la humillación de que había sido objeto valía más de cinco veces quinientos florines. Pero, ¿qué puede hacer un hombre? Evidentemente, hay un tiempo de honores y un tiempo de ultrajes. Y, de todos modos, los ultrajes eran ya cosa del pasado, y los quinientos florines estaban en su bolsillo. Y con esa cantidad se podía comprar vacas, caballos, cabras, y reparar el tejado, y pagar impuestos, y ocuparse de Dios sabe cuántas otras necesidades. Yo estaba allí (dio la casualidad de que por entonces era una pulga en la barba de Reb Paltiel), y le susurré al oído:

—Bueno, ¿qué dices ahora? La verdad es que Grene Peshe no iba tan descaminada.

Él me respondió:

—Evidentemente, estaba decretado así. ¿Quién sabe? Quizás el cielo quería que yo expiara algún pecado y a partir de ahora mi suerte sea mejor.

La última noche de su viaje de vuelta, cayó una fuerte nevada y, luego, heló. El coche no podía avanzar por la carretera helada, y Reb Paltiel tuvo que tomar un trineo. Llegó a casa aterido, exhausto por el largo viaje, ronco y maltrecho. Entró inmediatamente. Su mujer, Grene Peshe, estaba sentada junto al hogar, calentándose. Al verle, soltó un gemido.

—¡Ay de mí, qué trazas tienes! ¡He visto enterrar a muchos con aspecto más sano!

Al oír estas lamentaciones, Reb Paltiel metió la mano en el bolsillo, sacó el billete, se lo echó y dijo:

—Tómalo, es tuyo.

Y le dio la limosna que tanto le había costado obtener. La cara de Grene Peshe se iluminó de alegría, se oscureció y volvió a iluminarse.

—Bueno, había esperado mil —dijo—. Pero quinientos no están mal tampoco.

Y mientras decía eso, yo salté de la barba de Reb Paltiel y fui a parar a la nariz de Grene Peshe. Brinqué con tal fuerza que la pobre mujer soltó el billete, y éste cayó al fuego. Y antes de que ninguno de ellos pudiera gritar siquiera, se alzó una llamarada azul verdosa y el billete de quinientos florines quedó reducido a cenizas.

Bueno, ¿para qué voy a contaros lo que él dijo y lo que ella le contestó? No es difícil imaginarlo. Volví a la barba de Reb Paltiel y me quedé allí hasta que —y me desagrada tener que decirlo— se vio obligado a coger un saco y un bastón y salir a mendigar. ¡Tratar de burlar a una pulga! ¡Tratar de escapar a la mala suerte! ¡Tratar de descubrir dónde está el espíritu maligno…!

Cuando volví a las Montañas Negras y conté a Asmodeo lo que había hecho, me pellizcó la oreja y repitió la historia a su mujer, Lilith, que se echó a reír con tantas ganas, que el desierto retumbó con los ecos de su carcajada; y ella, ella misma, la reina de la corte de Satán, me dio un pellizco en la nariz.

—¡Eres un diablillo realmente estupendo! —me dijo—. ¡Algún día harás cosas grandes!

II

Donde los cielos son de cobre y la tierra de hierro, sobre un campo de setas, en una ruinosa letrina, sobre un montón de estiércol, en un puchero sin fondo, la noche de un Sabbath durante el solsticio de invierno, irrecordable ahora, o más tarde, o de noche, ¡amén Selah![1]

Se han cumplido las profecías de mi señora, Lilith. Ya no soy un duende, sino un diablo adulto... y además macho. Puedo tomar figura humana, realizar mis malignas travesuras y hacer que le engañen sus ojos a los hombres. Cierto que puedo ser ahuyentado con un conjuro sagrado, pero ¿quién conoce la Cábala en estos tiempos? Los pequeños rabinos pueden echarme sal en el rabo. Sus amuletos no son más que papel mojado para mí; sus exorcismos me hacen reír. Más de una vez les he dejado como recuerdo un poco de excremento de diablo en la coronilla o les he hecho nudos en las barbas.

Sí, hago cosas espantosas. Soy un demonio entre los demonios, un malo entre los malos.

Una noche de luna, me convertí en un saco de sal y me eché junto a la carretera. Pronto llegó un carro. Al ver el saco,

[1] Indicación hebraica, de sentido imaginativo, que aparece al final de cada estrofa en muchos salmos. (N. del T.)

el conductor detuvo al caballo, saltó a tierra y me izó hasta el carro. ¿Quién no se llevaría algo que no costaba nada de dinero? Yo era pesado como el plomo, y el necio apenas podía levantarme. En cuanto estuve en el carro, abrió la boca del saco y dio una lamedura con la lengua; evidentemente, quería averiguar si yo era sal o azúcar. Inmediatamente, me convertí en ternero, y no es difícil adivinar dónde me estaba lamiendo. Al ver lo que estaba haciendo, el pobre casi se vuelve loco. Le empezaron a temblar las manos y los pies.

—¿Qué pasa aquí? —grité—. ¿Dónde diablos estoy?

Y, de pronto, batí las alas y me alejé volando como un águila. El carretero llegó a su casa dominado por el terror. Y ahora anda por ahí con un amuleto y un trozo de ámbar encantado, pero le serán tan útiles como el aplicar ventosas a un cadáver.

Un invierno, llegué al pueblo de Turbin bajo la forma de limosnero encargado de recaudar donativos para los necesitados de Tierra Santa. Iba de casa en casa abriendo los metálicos cepillos de limosnas que colgaban en las puertas y sacando la calderilla que había en ellos. De una de las casas salía el olor de horno caliente. Estaba habitada por una doncella de más de treinta años, cuyos padres habían muerto. Se ganaba la vida cocinando para los estudiantes de yeshivá. Era baja y rechoncha, de opulento busto y un como queráis llamarlo más opulento todavía. La casa era caliente y olía a canela y a amapolas, y se me ocurrió que no se perdería nada si me casaba con ella por algún tiempo. Me alisé el pelo, me peiné la barba con los dedos, me soné la nariz y empecé a charlar con la muchacha. Una palabra traía otra. Le dije que era viudo sin hijos.

—No gano mucho dinero, pero tengo cien florines en una bolsa debajo de mi túnica.

—¿Hace mucho tiempo que murió tu mujer? —me pregunta. Y yo respondo:

—Hará tres años para la fiesta de Ester.

—¿Qué le ocurrió? —pregunta; y yo contesto:

—Murió de parto —y suelto un gemido.

Ella comprende que soy una persona honrada; ¿cómo, si no, va a entristecerse un hombre por su mujer tres años después de su muerte? Total, nos ponemos en relaciones. Las mujeres de la ciudad toman a la huérfana bajo sus alas protectoras. Reúnen una dote para ella. La proveen de manteles, servilletas, sábanas, faldas, camisas, enaguas. Y, como es virgen, levantan el palio nupcial en la sinagoga. Son entregados los regalos de boda, todo el mundo baila con los recién casados, y la novia es llevada a su dormitorio.

—¡Buena suerte! —me dice el padrino—. ¡Espero que el año que viene haya una fiesta de circuncisión!

Se marchan los invitados. La noche es larga y oscura. La alcoba está caliente como un horno y negra como Egipto. Mi esposa está ya en la cama bajo un colchón de plumas, que ha rellenado ella misma, esperando a su marido. Yo avanzo a tientas en la oscuridad; para guardar las apariencias, me desnudo, toso suavemente y le pregunto:

—¿Estás cansada?

—No mucho —responde.

—Es que, ¿sabes? —digo—, la otra, que en paz descanse, siempre estaba cansada. Era tan débil la pobrecilla…

—No hables de ella ahora —me reprende mi mujer—. Que ella interceda por nosotros en el cielo.

—Quiero decirte algo —digo—, pero no te turbes. En su lecho de muerte me pidió que le jurara que no me volvería a casar.

—¿Y lo prometiste?

—¿Qué remedio tenía? Ya sabes que está prohibido entristecer a los moribundos.

—Deberías haber pedido consejo al rabino —me dice—. ¿Por qué no me lo dijiste antes?

—¿Qué te pasa? ¿Tienes miedo de que ella vuelva para estrangularte?

—¡Dios no lo quiera! —responde—. ¿Qué culpa tengo yo? No sabía nada.

Me meto en la cama. Mi cuerpo está helado.

—¿Por qué tienes tanto frío? —me pregunta mi mujer.

—¿Quieres saberlo realmente? —digo—. Acércate, y te lo susurraré al oído.

—No puede oírte nadie —dice asombrada.

—Las paredes oyen —contesto.

Me acerca la oreja, y yo le escupo dentro. Ella se estremece y se incorpora. Rechinan las tablas de la cama. El colchón de paja empieza a combarse y a crujir.

—¿Qué estás haciendo? —exclama—. ¿Te parece eso gracioso?

Sin responderle, empiezo a reírme entre dientes.

—¿Qué clase de juego es éste? —dice ella—. Tal vez esté bien para un niño, pero no para un hombre adulto.

—¿Y cómo sabes que no soy un niño? —respondo—. Soy un niño con barba. Los machos cabríos también tienen barba.

—Está bien —dice ella—. Si quieres parlotear, parlotea. Buenas noches.

Y se vuelve de cara a la pared. Permanecemos los dos en silencio durante un rato. Luego, le doy un pellizco donde más gorda está. Mi mujer suelta un grito. Se agita la cama.

—¿Estás loco, o qué? —me grita—. ¿Por qué me pellizcas? El cielo me valga... ¿En qué manos he venido a caer?

Y empieza a sollozar roncamente, como sólo puede hacerlo una huérfana desvalida que ha estado esperando más de treinta años su día afortunado y se encuentra luego desposada con un monstruo. Hasta el corazón de un forajido se habría ablandado. Estoy seguro de que el propio Dios derramó una lágrima aquella noche. Pero un diablo es un diablo.

Al romper el alba, salgo furtivamente de la casa y acudo a la del rabino. Éste, un santo varón, está ya dedicado a sus estudios y se sorprende al verme.

—Dios bendiga al judío —dice—; ¿cómo tan temprano?

—Es cierto que soy forastero aquí y nada más que un hombre pobre, pero la ciudad no debía hacerme cargar con una ramera.

—¡Una ramera!

—¿Qué es, si no, una desposada que no es virgen? —pregunto.

El rabino me dice que le espere en la casa de estudio y va a despertar a su mujer. Ésta se viste (olvidándose incluso de lavarse las manos) y llama a varias amigas. Un grupo de mujeres, entre ellas la esposa del rabino, va a visitar a mi mujer para investigar y echar un vistazo a las sábanas de la cama. Turbin no es Sodoma. ¡Si hay un pecado, la ciudad tiene que saberlo!

Mi mujer llora amargamente. Jura que no me he acercado a ella en toda la noche. Insiste en que estoy loco, que la he

159

pellizcado y la he escupido en la oreja, pero las mujeres menean la cabeza. Llevan a la acusada a presencia del rabino. Desfilan con ella a través de la plaza del mercado, mientras la gente atisba desde las ventanas. La casa de estudio está abarrotada. Mi mujer gime y suplica. Jura que jamás la ha tocado ningún hombre, ni siquiera yo...

—Está loco —dice, y se vuelve hacia mí—. Pero yo insisto en que miente.

—Lo mejor será —contesto— que la examine un médico.

—¿Dónde encontraremos un médico en Turbin? —preguntan.

—Está bien —digo—. Llevadla entonces a Lublín. Todavía queda un poco de decencia en el mundo. ¡Haré que toda Polonia se entere de esto! ¡Lo contaré todo al Consejo Rabínico!

—Sé razonable. ¿Qué culpa tenemos nosotros? —pregunta uno.

—La responsabilidad es de todo Israel —respondo piadosamente—. ¿Dónde se ha visto que una ciudad deje soltera a una muchacha hasta más de los treinta años y haga que cocine para los estudiantes?

Mi mujer comprende que estoy tratando de labrarle su ruina y se abalanza sobre mí con los puños cerrados. Está dispuesta a pegarme, y lo habría hecho si no la hubiesen sujetado.

—Ya veis la desvergüenza que tiene —exclamo.

Todos ven ya con claridad que yo soy el honorable y no ella. El rabino dice:

—Todavía tenemos un Dios en el cielo. Divórciate y líbrate de ella.

—Dispensadme —digo—, pero he tenido gastos. La boda me ha costado mis buenos cien florines.

Y así empieza el regateo. Mi mujer ha logrado ahorrar, céntimo a céntimo, unos setenta florines. Me instan a que me conforme con eso, pero yo me mantengo firme.

—Que venda sus regalos de boda —digo.

Y la mujer grita:

—¡Llévatelo todo! ¡Rásgame las entrañas! —y se clava las uñas en la cara y exclama—: ¡Oh, madre, quisiera estar contigo en la tumba! —golpea la mesa con los puños, volcando el tintero y solloza—: Si esto puede suceder, es que no hay Dios.

El muñidor se lanza sobre ella y la golpea; mi mujer cae al suelo, con la falda levantada y el pañuelo caído de la cabeza. Tratan de levantarla, pero ella patalea, agita los brazos y gime:

—¡No sois judíos, sois bestias!

Sin embargo, aquella misma noche reúno mis cien florines. El escriba toma asiento para redactar el acta de divorcio. De pronto, yo anuncio que tengo que salir un momento… y no vuelvo más. Me buscan hasta la madrugada. Me llaman a grandes voces y lo registran todo de arriba abajo. Mi mujer queda convertida permanentemente en esposa separada. Y, llevada de su resentimiento hacia Dios, hacia la ciudad y hacia su propia mala suerte, se arroja al pozo.

El propio Asmodeo alabó mi trabajito.

—No está mal —dijo—. Tienes porvenir.

Y me envió a Machlath, la hija de Namah, la diablesa que enseña a los jóvenes demonios los senderos de la corrupción.

EL ANCIANO

I

Al principio de la Gran Guerra, Chaim Sachar, de la calle Krochmalna de Varsovia, era un hombre rico. Después de separar dotes de mil rublos para cada una de sus hijas, se disponía a alquilar un nuevo piso, lo suficientemente amplio para alojar en él a un yerno que se dedicaba a estudiar la Torá. Tendría que haber también sitio para su padre, Reb Moshe Ber, un hassid de noventa años, que había ido hacía poco a vivir con él a Varsovia.

Pero dos años después el piso de Chaim Sachar estaba casi vacío. Nadie sabía dónde habían sido enterrados sus dos hijos, jóvenes gigantes, que habían sido enviados al frente. Su mujer y sus dos hijas habían muerto del tifus. Él había acompañado a sus cadáveres al cementerio, recitando las oraciones fúnebres por las tres, desalojando previamente el mejor lugar destinado a rezos de la sinagoga, y suscitando la animosidad de otros dolientes, que le acusaban de aprovecharse deslealmente de sus múltiples pérdidas.

Después de la ocupación alemana de Varsovia, Chaim Sachar, hombre alto y corpulento, de sesenta años, que comerciaba con gansos vivos, cerró su establecimiento. Malvendió sus muebles para comprar patatas heladas y guisantes secos y mohosos y preparaba tallarines negruzcos para él y su padre, que había sobrevivido a sus nietos.

Aunque hacía meses que Chaim Sachar no había estado cerca de un ave de corral viva, su caftán estaba todavía cubierto de plumas de ganso, su gran sombrero de ancha cinta brillaba de grasa, y sus pesadas botas de punta cuadrada se hallaban manchadas de sangre. Dos pequeños ojuelos, hambrientos y asustados, miraban por debajo de sus peludas cejas; los rojizos cercos que rodeaban sus ojos recordaban los tiempos en que podía regar un plato de hígado frito y huevos cocidos con una pinta de vodka todas las mañanas después de la oración. Ahora, se pasaba todo el día vagando por la plaza del mercado, aspirando los olores que salían de las carnicerías y de los restaurantes, resoplando como un perro y dormitando ocasionalmente en los carros de los mozos de cuerda. Con los desperdicios que recogía en un cesto alimentaba por la noche el fuego de su cocina; luego, subiéndose las mangas sobre sus peludos brazos, rallaba nabos. Su padre permanecía entretanto sentado junto a la cocina, calentándose aunque estuviera en pleno verano. Tenía abierto sobre las rodillas un tratado de Misha[1] y se quejaba constantemente de hambre.

Como si su hijo tuviera toda la culpa, el anciano murmuraba iracundo: «No podré aguantar mucho más tiempo... esta corrosión...»

Sin levantar la vista de su libro —un tratado sobre la impureza—, se señalaba la boca del estómago y reanudaba sus

[1]   Estudio o enseñanza. (*N. del T.*)

163

murmullos, en los que la palabra «impuro» se repetía como un estribillo. Aunque sus ojos eran de un azul pálido, como los ojos de un ciego, no necesitaba gafas, conservaba todavía varios dientes, amarillos y retorcidos como garras, y se despertaba todos los días acostado sobre el mismo lado en que se había quedado dormido, únicamente le molestaba su hernia, que, sin embargo, no le impedía recorrer las calles de Varsovia con ayuda de su aguzado bastón, su «caballo», como él lo llamaba. Se paraba en todas las sinagogas a contar relatos de guerra, de malos espíritus y de los viejos tiempos de comida barata y abundante, cuando la gente vaciaba pellejos de vino en los sótanos y bebía directamente de la barrica por medio de una paja. En correspondencia, Reb Moshe Ber era obsequiado con zanahorias crudas, rodajas de rábanos y nabos. Daba enseguida buena cuenta de todo y, con mano temblorosa, recogía una a una las migajas que habían caído en su barba —que aún no había encanecido— y hablaba de Hungría, donde, hacía más de setenta años, había vivido en la casa de su suegro.

—Inmediatamente después de la oración, se nos servía una garrafa grande de vino y un costado de ternera. Y con la sopa había huevos cocidos y tallarines corruscantes.

Hombres de mejillas hundidas, cubiertos de harapos y con cuerdas ceñidas a la cintura, le rodeaban inclinándose hacia él y haciéndoseles la boca agua, digiriendo cada una de sus palabras, con los ojos ansiosamente desorbitados, como si el anciano estuviese realmente comiendo. Jóvenes estudiantes yeshivá, de rostros demacrados por los ayunos y ojos inquietos, se retorcían nerviosamente los cabellos entre los dedos, haciendo muecas como para suprimir dolores de estómago y repitiendo extáticamente:

—Ésos eran tiempos. El hombre tenía su parte de cielo y de tierra. Pero ahora no tenemos nada.

Durante muchos meses, Reb Moshe Ber fue arrastrando los pies por las calles en busca de un poco de alimento; y una noche de finales de verano, al volver a casa, se encontró a Chaim Sachar, su primogénito, tendido en la cama, enfermo, descalzo y sin caftán. El rostro de Chaim Sachar estaba tan rojo como si hubiera sido sometido a un baño de vapor, y su barba se hallaba toda revuelta. Entró una vecina, le tocó la frente y exclamó:

—¡Ay de mí! Es esa enfermedad. Tiene que ir al hospital.

A la mañana siguiente, hizo su aparición en el patio la ambulancia negra. Chaim Sachar fue llevado al hospital, su piso regado de ácido fénico y su padre conducido al centro de desinfección, donde le dieron una larga túnica blanca y zapatos con suelas de madera. Los guardianes, que le conocían bien, le daban doble ración de pan por debajo de la mesa y le regalaban cigarrillos. Había pasado ya la fiesta de Sucooth cuando el anciano, escondida su afeitada barbilla bajo un pañuelo, fue por fin autorizado para salir del centro de desinfección. Su hijo había muerto mucho antes, y Reb Moshe Ber rezó para él la oración de reposo, el *kaddish*. Solo ahora en el piso, tenía que alimentar su estufa con papeles y virutas de madera que recogía de los cubos de basura. Asaba patatas en las brasas y hacía achicoria en un pote de hierro. Limpiaba la casa, se hacía él mismo las velas amasando cera y sebo en torno a unas mechas, se lavaba la camisa y la colgaba a secar en una cuerda. Ponía todas las noches las ratoneras y todas las mañanas ahogaba a los ratones que habían caído en ellas. Cuando salía, nunca se olvidaba de asegurar el pesado cerrojo de la puerta. Nadie tenía que pagar renta en Varsovia por aquel tiempo. Además, llevaba las botas y los pantalones de su hijo. Sus amistades de las casas de estudio le envidiaban: «Vive como un rey —decían—. Ha heredado la fortuna de su hijo.»

El invierno fue duro. No había carbón y, como faltaban varias baldosas en la cocina, cada vez que el anciano encendía fuego el piso se llenaba de una humareda negra y espesa. En noviembre, los cristales se cubrieron de una capa de azulado hielo, y las habitaciones se tornaron oscuras. El agua de su mesita de noche aparecía helada por la mañana. Por mucha ropa que se echara encima de la cama, nunca tenía calor; sus pies se mantenían entumecidos, y en cuanto empezaba a conciliar el sueño caía al suelo todo el montón de ropa, y tenía que levantarse desnudo para hacerse de nuevo la cama. No había kerosene; hasta las cerillas resultaban difíciles de adquirir. Aunque recitaba capítulo tras capítulo de los Salmos, no podía dormir. El viento corría libremente por las habitaciones y hacía sonar las puertas; hasta los ratones desaparecieron. Dejó de lavarse; su cara se volvió negra como el carbón. Cuando ponía a secar su camisa, se volvía frágil y quebradiza como el vidrio. Se pasaba todo el día sentado en la casa de estudio al lado de la estufa de hierro al rojo vivo. Los viejos libros yacían sobre los estantes como montones de trapos; había vagabundos en torno a las mesas de superficie metálica, tipos indescriptibles de largos cabellos y pies envueltos en harapos, hombres que, habiendo perdido en la guerra todo lo que tenían, se hallaban medio desnudos o cubiertos solamente con destrozadas ropas y con bolsas colgadas al hombro. Durante todo el día, mientras los huérfanos recitaban el *kaddish*, las mujeres se apretujaban en torno del Arca de la Alianza, rezando en voz alta por los enfermos y llenándole los oídos con sus gemidos y sus lamentaciones. La habitación, oscura y cargada, olía igual que una cámara mortuoria debido a las numerosas velas de aniversario que ardían en ella. Reb Moshe Ber, con la cabeza colgando, se quedaba dormido y casi se quemaba en la estufa. Tenía que ser acompañado a casa, pues llevaba tachuelas en los zapatos y temía resbalar en el hielo. Los demás inquilinos de su casa ya pensaban que no tardaría en morir. «Pobrecillo —decían—, está destrozado.»

Un día de diciembre, Reb Moshe Ber resbaló realmente, recibiendo un fuerte golpe en el brazo derecho. El joven que le acompañaba se echó a la espalda a Reb Moshe Ber y le llevó a su casa. Dejando al anciano sobre la cama sin desnudarle, el joven huyó como si hubiera cometido un robo. Durante dos días, el anciano, gimió, pidió socorro, lloró, pero no apareció nadie. Varias veces al día decía su Confesión de los Pecados rogando por que le llegara rápidamente la muerte, golpeándose el pecho con la mano izquierda. Todo se hallaba en silencio durante el día, como si en el exterior hubiera muerto todo el mundo; por las ventanas penetraba un vago resplandor verdoso. De noche, oía ligeros ruidos, como si un gato estuviera intentando trepar por las paredes. En la oscuridad, el anciano imaginaba que su cama estaba en medio de la habitación y que todas las ventanas se hallaban abiertas. Después de la puesta del sol del segundo día, vio abrirse de repente la puerta y entrar un caballo que llevaba sobre el lomo una sábana negra. Tenía la cabeza tan grande como la de un asno e innumerables ojos. El anciano comprendió enseguida que era el Ángel de la Muerte. Aterrorizado, cayó de la cama, produciendo tal estruendo que dos vecinos le oyeron. Sobrevino una conmoción en el patio; se reunió una multitud y fue llamada una ambulancia. Cuando recobró el sentido, Reb Moshe Ber se encontró en una caja oscura, vendado y cubierto. Estaba seguro de que aquello era su ataúd, y le preocupó no tener herederos que le rezasen el *kaddish* y que, por lo tanto, se viera turbaba la paz de su tumba. De pronto, recordó los versículos que tendría que decir a Duma, el Ángel Persegui-dor, y su rostro hinchado y macilento se contorsionó en una cadavérica sonrisa:

> *¿Quién es el hombre que vive y no verá*
> *la muerte?*
> *¿Librará su alma de la tumba?*

II

Después de la Pascua, Reb Moshe Ber salió del hospital com-pletamente recuperado y de nuevo se encontró con un enor-me apetito y sin nada que comer. Le habían robado todas sus posesiones; en el piso solamente quedaban las desconchadas paredes. Se acordó de Jozefow, un pueblecito próximo a la frontera de Galitzia, donde había vivido durante cincuenta años y gozado de una gran autoridad en el círculo hasidic, porque había conocido personalmente al antiguo rabino. In-vestigó las posibilidades de llegar allí, pero aquellos a los que preguntaba se limitaban a encogerse de hombros y cada uno le decía una cosa diferente. Algunos le aseguraron que Joze-fow había sido arrasado por un incendio y se hallaba comple-tamente destruido. Un mendigo vagabundo que había visitado la región dijo, por el contrario, que Jozefow estaba en el lado austríaco de la frontera, y siempre que Reb Moshe Ber hablaba de su viaje, los hombres se reían burlonamente y agitaban las manos.

—No seas tonto, Reb Moshe Ber. Ni siquiera un joven podría hacerlo.

Pero Reb Moshe Ber tenía hambre. Todas las zanahorias, nabos y aguadas sopas que había tomado en las cocinas públicas le habían dejado una sensación de oquedad en el abdomen. Soñaba por las noches con los sabrosos manjares de Jozefow aderezados con carne y cebollas, en los apetitosos platos de pata de ternera, pollos y vaca. En cuanto cerraba los ojos se encontraba en alguna boda o fiesta de circuncisión. Grandes bollos se amontonaban sobre la larga mesa, y los hasidim, vestidos con caftanes de seda y cubiertas las cabezas con altos sombreros de terciopelo, danzaban con vasos de vino en la mano cantando:

¿Qué es un pobre haciéndose la comida? ¡Borscht y patatas! ¡Borscht y patatas! ¡Rápido, rápido, hop-hop-hop!

Él era el principal organizador de todas aquellas fiestas; discutía con los proveedores, reñía con los músicos, supervisaba todos los detalles y, no quedándole tiempo para comer nada, tenía que dejarlo para más tarde. Se le hacía la boca agua y despertaba cada mañana con el amargo pesar de que ni siquiera en sueños había probado aquellos deliciosos manjares. Le palpitaba violentamente el corazón y su cuerpo se cubría de un sudor frío. La luz parecía más viva en el exterior cada mañana, y el sol proyectaba luminosos rectángulos en la desconchada pared, que se movían y ondulaban como si reflejaran las impetuosas olas de algún río cercano. Zumbaban las moscas en torno al gancho que colgaba del techo y que en otro tiempo había sostenido un candelabro. El frío resplandor del alba iluminaba los cristales de las ventanas, reflejándose en ellos la deformada imagen de un pájaro. Abajo, en el patio, cantaban los mendigos tocando sus violines y soplando sus pequeñas trompetas de latón. Reb Moshe Ber salía trabajosamente de la única cama que quedaba para calentarse los pies y el estómago y contemplar las descalzas muchachas vestidas con cortas enaguas que sacudían colchas rojas. Las plumas volaban en todas direcciones y se percibían los familiares olores a paja podrida y a alquitrán. El anciano, frotándose sus encorvados dedos y aguzando los oídos como si quisiera oír lejanos ruidos, pensaba por milésima vez que si no salía de allí aquel mismo verano ya jamás lo haría.

—Dios me ayudará —se decía—. Si él quiere, comeré en un árbol de fiesta en Jozefow.

Al principio, perdió mucho tiempo por hacer caso a quienes le decían que se sacara pasaporte y solicitara un visado. Después de ser fotografiado, se le entregó una tarjeta amarilla, y tuvo que permanecer durante semanas a las puertas del Consulado austríaco, justamente con una gran multitud de personas, en una estrecha callejuela próxima al Vístula. Barbudos soldados les estaban insultando constantemente en alemán y les empujaban con las culatas de sus fusiles. Mujeres con niños de pecho en los brazos lloraban y se desmayaban. Se rumoreaba que los visados solamente eran concedidos a las prostitutas y a quienes los pagaban en oro. Reb Moshe Ber se presentaba allí todos los días al amanecer, se sentaba en el suelo y daba cabezadas sobre un tratado de Beni Issachar, alimentándose con nabos rellenos y rábanos mohosos. Pero como la muchedumbre continuaba aumentando, decidió jugarse el todo por el todo. Vendió a un ropavejero su caftán forrado de algodón y se compró una hogaza de pan, una bolsa en la que puso su manto de oración y sus filacterias y unos cuantos libros; y, con el propósito de cruzar clandestinamente la frontera, emprendió el camino.

Tardó cinco semanas en llegar a Ivangorod. Durante el día, mientras hacía calor, caminaba descalzo por los campos, con las botas colgadas al hombro a la manera aldeana. Se alimentaba de cereales verdes y dormía en los graneros. La Policía militar alemana le detuvo varias veces; examinaba detenidamente su pasaporte ruso, le registraba para ver si llevaba contrabando y, luego, le dejaba marchar. Mientras andaba, sus intestinos se salían violentamente de su sitio; se tendía en el suelo y los empujaba hacia atrás con las manos. En un pueblo próximo a Ivangorod encontró a un grupo de hasidim, la mayoría de ellos jóvenes. Cuando supieron a dónde iba y que se proponía entrar en Galitzia, se quedaron pasmados, parpadearon y, después de cuchichear entre ellos, le dijeron:

—Es correr mucho riesgo en estos tiempos. Te mandarán a la horca al menor pretexto.

Temiendo hablar con él por si las autoridades entraban en sospechas, le dieron unos cuantos marcos y le dejaron seguir su camino. Pocos días después, la gente de aquel pueblo hablaba en voz baja de un anciano judío que había sido arrestado en la carretera y fusilado por un pelotón. Pero Reb Moshe Ber, no sólo seguía vivo, sino que estaba ya en el lado austríaco de la frontera. Por unos pocos marcos, le había pasado un aldeano ocultándole en un carro bajo una carga de paja. El anciano se puso en camino inmediatamente en dirección a Rajowiec. Allí, cayó enfermo de disentería y pasó varios días en el asilo de pobres. Todo el mundo pensaba que se estaba muriendo, pero fue recuperándose poco a poco.

Ya no había escasez de alimentos. Las amas de casa agasajaban a Reb Moshe Ber con flor de trigo y leche, y los sábados comía incluso ternera y bebía un vaso de vino. En cuanto recobró las fuerzas volvió a emprender la marcha. Allí, él conocía las carreteras. En aquella región los campesinos llevaban todavía las blancas ropas de lino y las cuadrangulares gorras con borlas que él mismo había llevado hacía cincuenta años; tenían barba y hablaban en ucraniano. En Zamose, el anciano fue detenido y llevado a la cárcel justamente con dos jóvenes aldeanos. La policía le confiscó la bolsa. Rechazó la comida de los gentiles y solamente aceptó pan y agua. Todos los días era llamado por el comandante que, como si Reb Moshe Ber fuese sordo, le gritaba en los mismos oídos en un lenguaje gutural. Sin comprender una sola palabra, Reb Moshe Ber movía la cabeza e intentaba arrojarse a los pies del comandante. Esto duró hasta después de Rosh Hashanah; sólo entonces supieron los judíos de Zamosc que un anciano del extranjero se hallaba en la cárcel. El rabino y el jefe de la comunidad consiguieron su libertad pagando al comandante un rescate.

Reb Moshe Ber fue invitado a quedarse en Zamosc hasta después de Yom Kippur, pero no quiso aceptar. Pasó allí la noche, tomó un poco de pan y al amanecer se puso en camino hacia Bilgorai. Cruzando campos segados, se alimentaba de nabos y se refrescaba con las bayas blancuzcas, grandes, agrias y jugosas que se encontraban en los lugares húmedos y reciben el nombre de *valakhi* en el dialecto local. Durante cosa como de dos kilómetros fue llevado por un carro. A poca distancia de Bilgorai fue asaltado por varios pastores, que le quitaron las botas y huyeron llevándoselas consigo.

Reb Moshe Ber continuó descalzo y por esta razón no llegó a Bilgorai hasta ya entrada la noche. Unos cuantos vagabundos que pasaban la noche en la casa de estudio se negaron a dejarle entrar, y tuvo que sentarse en los escalones, apoyando su fatigada cabeza en las rodillas. La noche otoñal era clara y fría; un rebaño de cabras, recortándose sobre el pálido resplandor amarillo del estrellado firmamento, mordisqueaba la corteza de los leños que habían sido apilados para el invierno en el patio de la sinagoga. Como si se quejara de una inolvidable desgracia, una lechuza se lamentaba con voz mujeril, callándose y recomenzando una vez y otra. Al amanecer, llegaron gentes con faroles para rezar las oraciones *Selichoth.* Haciendo entrar al anciano, le colocaron cerca de la estufa y le cubrieron con mantos de oraciones que tenían guardados en el armario. Poco después, le llevaron un par de botas militares de recio cuero y punta cuadrada. Las botas le hacían daño en los pies, pero Reb Moshe Ber estaba decidido a observar el ayuno de Yom Kippur en Jozefow, y sólo faltaba un día para Yom Kippur.

Se marchó temprano. Sólo le quedaban por recorrer unos seis kilómetros, pero quería llegar al amanecer, a tiempo para las oraciones *Selichoth.* Nada más salir del poblado, sin embargo, las botas empezaron a causarle tanto dolor que no podía dar un paso. Tuvo que quitárselas y continuar descalzo. Descargó entonces un aguacero acompañado de rayos y truenos. Se hundía en los charcos hasta las rodillas, tropezaba y no tardó en quedar cubierto de barro de pies a cabeza. Se le habían hinchado los pies y le sangraban. Pasó la noche junto a un almiar, al aire libre, y hacía tanto frío que no podía dormir. Ladraban los perros en los poblados próximos, y la lluvia seguía cayendo insistentemente. Reb Moshe Ber estaba seguro de que había llegado su fin. Rogó a Dios que le dejara vivir hasta la oración *Nilah* para que pudiera llegar al cielo purificado de todo pecado. Después, cuando comenzaron a iluminarse las nubes en el horizonte y la niebla adquiría una tonalidad lechosa, Reb Moshe Ber se sintió infundido de nuevas fuerzas y reanudó la marcha hacia Jozefow.

Llegó en el mismo momento en que los hasidim se hallaban reunidos en la forma acostumbrada para tomar vino y pasteles. Unos cuantos reconocieron enseguida al recién llegado, y hubo gran júbilo, pues hacía mucho que se le había dado por muerto. Le llevaron té caliente. Dijo rápidamente sus oraciones, comió una rodaja de pan blanco con miel, sopa de pescado y *kreplach* y bebió unos cuantos vasos de vino. Luego, fue conducido al baño de vapor. Dos respetables ciudadanos le acompañaron al séptimo poyó y le azotaron personalmente con dos manojos de ramas recién cortadas, mientras el anciano lloraba de alegría.

Varias veces durante Yom Kippur estuvo a punto de desmayarse, pero observó el ayuno hasta el final. A la mañana siguiente, los hasidim le dieron ropas nuevas y le dijeron que estudiase la Torá. Todos tenían dinero en abundancia, comerciaban con soldados bosnios y húngaros, y a cambio de tabaco de contrabando, enviaban trigo a lo que había sido la Galitzia. No era una carga para ellos mantener a Reb Moshe Ber. Los hasidim sabían quién era, ¡un hasid que se había sentado a la mesa nada menos que de Reb Mótele de Chernobel! ¡Había sido huésped de las casas de los más famosos y santos rabinos!

Pocas semanas después, los hasidim Turisk, comerciantes en madera, sólo para avergonzar a sus enemigos jurados, los hasidim Sandzer, reunieron maderas suficientes, construyeron una casa para Reb Moshe Ber y le casaron con una solterona, una sordomuda del pueblo, de unos cuarenta años.

Exactamente nueve meses después, ella dio a luz a un hijo. Ahora ya tenía alguien que rezase el *kaddish* por él. Como si se tratara de una fiesta nupcial, los músicos actuaron en la ceremonia de la circuncisión. Matronas acomodadas prepararon pasteles y atendieron a la madre. El lugar donde se celebraba el banquete, la sala de la asamblea del círculo Turisk, olía a canela, a azafrán y a los mejores vestidos de Sabbath de las mujeres. Reb Moshe Ber llevaba un nuevo caftán de raso y un alto sombrero de terciopelo. Bailó sobre la mesa y, por primera vez, mencionó su edad:

—Era Abraham de cien años de edad —recitó— cuando le nació Isaac, su hijo. Y dijo Sara: «Me ha hecho reír Dios, y cuantos lo sepan reirán conmigo.»

Puso al niño el nombre de Isaac.

FUEGO

Quiero contarte una historia. No es de un libro, me sucedió a mí personalmente. La he mantenido en secreto todos estos años, pero ahora sé que nunca saldré vivo de este asilo. Me llevarán directamente desde aquí al cementerio. Y quiero que se sepa la verdad. Hubiera hecho venir aquí al rabino y a los ancianos de la localidad para que la escribieran en el libro de la comunidad, pero ¿por qué turbar a los hijos y a los nietos de mi hermano? Ésta es mi historia.

Soy de Janow, cerca de Zomosc. El lugar recibe el nombre de Reino de los Pobres por razones evidentes. Mi padre, Dios bendiga su memoria, tuvo siete hijos, pero perdió a cinco de ellos. Crecieron fuertes como robles y, luego, murieron. ¡Tres chicos y dos chicas! Nadie sabía la causa. La fiebre se apoderó de ellos, uno tras otro. Cuando murió Chaim Jonás, el menor, mi madre —interceda por mí en el cielo— se apagó como una vela. No estaba enferma; simplemente, dejó de comer y se quedó en la cama. Entraban a verla las vecinas y le preguntaban:

—Beile Rivke, ¿qué te ocurre?

Y ella respondía:

—Nada. Es sólo que voy a morir.

Llegó el médico y la sangró; le aplicaron ventosas y sanguijuelas, la exorcizaron contra el mal de ojo, la lavaron con orina, pero no se obtuvo ningún resultado. Ella se fue encogiendo hasta no ser más que un saco de huesos. Cuando hubo dicho su Confesión de los Pecados, me llamó a su lado.

—Tu hermano Lippe se abrirá camino en el mundo —dijo—, pero a ti, Leibus, te compadezco.

Mi padre nunca me quiso. Ignoro por qué. Lippe era más alto que yo, salía a la familia de nuestra madre. Aunque no estudiaba, tenía éxito en la escuela. Yo estudiaba, pero no me servía de nada. Todo lo que oía me entraba por un oído y me salía por el otro. Aun así, conozco bastante bien la Biblia. Pronto fui sacado del *cheder*.

Mi hermano Lippe era, como suele decirse, la niña de los ojos de mi padre. Cuando mi hermano hacía algo malo, padre miraba para otro lado, pero ¡ay de mí si yo cometía algún error! Tenía la mano firme; cada vez que me pegaba veía las estrellas. Así eran las cosas, por lo que puedo recordar. Por el menor detalle ya se quitaba el cinturón. Me pegaba hasta dejarme morado. Todo era: «No vengas aquí, no vayas allí.» En la sinagoga, por ejemplo, todos los demás chicos jugaban y enredaban durante los oficios, pero si yo dejaba de decir un sencillo «amén», recibía mi «premio». Yo hacía todo el trabajo en casa. Teníamos un molino de mano, y me pasaba todo el día moliendo trigo; yo era también el que acarreaba el agua y partía la leña; hacía el fuego y limpiaba la letrina. Mi madre me protegió mientras estuvo con vida, pero después de que murió yo no era más que un hijastro. No creas que eso no me reconcomía, pero ¿qué podía hacer? También mi hermano Lippe me hacía la vida imposible. «Leibus, haz esto. Leibus, haz aquello». Lippe tenía sus amigos; le gustaba beber; frecuentaba la taberna.

Había en la ciudad una muchacha muy bonita, Havele. Su padre poseía una mercería. Era decidido y tenía formada su idea de cómo habría de ser su yerno. Mi hermano tenía otras ideas. Tendió su trampa cuidadosamente. Pagó a los casamenteros para que le llevaran proposiciones. Hizo correr el rumor de que alguien en su familia se había suicidado. Sus amigos le ayudaban, y en compensación recibían buenas raciones de vino y pasteles. El dinero no era problema para él. Abría el cajón de padre y cogía lo que le daba la gana. Al final, el padre de Havele fue derrotado y dio su consentimiento al matrimonio con Lippe.

Toda la ciudad celebró el compromiso. No es costumbre que el novio aporte dote, pero Lippe convenció a padre para que le diese doscientos florines. Obtuvo también una serie de trajes dignos de un gran señor. En la boda hubo dos bandas, una de Janow y otra de Bilgorai. Así fue como comenzó a prosperar. Pero para el hermano menor todo era diferente; ni siquiera recibió un par de pantalones nuevos. Padre me había prometido hacerme ropa, pero fue dejándolo de un día para otro y, cuando compró el material, era ya demasiado tarde para hacerme nada. Fui a la boda vestido de harapos. Las chicas se rieron de mí. Ésa era mi suerte.

Yo creía que había de seguir el mismo camino que mis demás hermanos y hermanas, pero no estaba destinado a morir. Lippe entró en el matrimonio con el pie derecho, como suele decirse. Se convirtió en un próspero comerciante de cereales. Cerca de Janow había un molino de agua propiedad de Reb Israel David, hijo de Malka, un buen hombre. Israel David le tomó simpatía a mi hermano y le vendió el molino por un precio irrisorio. Ignoro por qué lo vendió; algunos decían que quería ir a Tierra Santa, otros que tenía parientes en Hungría. Fuera cual fuese la razón, el caso es que poco después de vender el molino se murió.

Havele tenía una hija tras otra, cada una más hermosa que la anterior; eran tan preciosas que la gente acudía sólo para verlas. La dote que padre había entregado a Lippe minó sus propios negocios; se quedó sin un céntimo. Quebró su negocio, así como su energía, pero si te figuras que Lippe le tendió la mano para ayudarle estás muy equivocado. Lippe no veía ni oía nada, y padre desahogaba en mí su amargura. Ignoro qué es lo que tenía contra mí; ocurre a veces que un hombre concibe tal odio hacia su hijo. Cualquier cosa que yo dijese estaba mal; por mucho que hiciera, nunca era bastante.

Entonces, padre cayó enfermo, y todo el mundo pudo darse cuenta de que no duraría mucho. Mi hermano Lippe estaba muy ocupado ganando dinero. Yo cuidé a padre. Yo era quien llevaba la silla; yo quien le lavaba, le bañaba y le peinaba. No podía digerir nada y devolvía todo lo que comía. La enfermedad se le extendió también a las piernas, y no podía andar. Yo tenía que llevárselo todo, y siempre que me veía me miraba como si yo fuese algo inmundo. Llegué a estar tan harto, que a veces sentía deseos de huir de él hasta el fin del mundo, pero ¿cómo puede uno abandonar a su propio padre? Así que sufría en silencio. Las últimas semanas fueron un verdadero infierno: padre juraba y gemía constantemente. Nunca había oído yo maldiciones más horribles. Mi hermano

Lippe se dejaba caer por casa un par de veces a la semana y preguntaba con una sonrisa: «¿Qué tal vas, padre? ¿No mejoras?» Y en cuanto padre le veía se le iluminaban los ojos. Yo le he perdonado, y quiera Dios perdonarle también. ¿Sabe el hombre lo que hace?

Tardó dos semanas en morir, y no puedo empezar a describir su agonía. Cada vez que abría los ojos me miraba con saña. Después del funeral, se encontró su testamento debajo de una almohada; me había desheredado. Todo se lo dejaba a Lippe, la casa, el molino, el armario, la cómoda, hasta los platos. Todo el mundo se quedó sorprendido; un testamento así, decían, era ilegal. Había incluso un precedente en ese sentido en el Talmud. Se sugirió que Lippe me diera a mí la casa, pero él se echó a reír. En lugar de ello, la vendió inmediatamente y trasladó el molino y los muebles a la suya. Ésta es la verdad pura y simple. ¡Que no sea yo menos puro cuando llegue a presencia de Dios!

Empecé a trabajar de carpintero y apenas podía ganarme la vida. Dormía en un cobertizo. Lippe se olvidó de que tenía un hermano. Pero ¿quién supones que rezaba el *kaddish* para padre? Siempre había alguna razón por la que no podía ser Lippe: yo vivía en la ciudad, no había hombres suficientes en el molino, tenía que recorrer demasiada distancia para ir al *shul* el sábado. La gente murmuraba al principio por la conducta que observaba conmigo, pero luego empezó a decir que sus razones tendría. Cuando un hombre está caído, todos disfrutan pisoteándole.

Yo había dejado ya de ser joven y seguía soltero. Tenía ya una luenga barba, pero nadie pensaba en un compromiso para mí. Si se me acercaba un casamentero, lo que me ofrecía era la escoria de las escorias. Pero, ¿por qué negarlo?, me enamoré. La muchacha era hija de un zapatero remendón, y solía contemplar sus ropas puestas a secar. Pero ella se prometió con un tonelero. ¿Quién quiere a un huérfano? Yo no era tonto, y me dolió. A veces no podía dormir por la noche. Me revolvía en la cama como si tuviese fiebre. ¿Por qué? ¿Qué le había hecho yo a mi padre? Decidí dejar de rezar el *kaddish* para él, pero para entonces había pasado ya casi un año. Además, ¿cómo puede uno vengarse de los muertos?

Y ahora te diré lo que sucedió.

Un viernes por la noche, me hallaba yo acostado en mi cobertizo, tendido sobre un montón de virutas. Había trabajado de firme; en aquellos tiempos se empezaba al amanecer, y el precio de la vela se lo descontaban a uno de los salarios. Ni siquiera había tenido tiempo para ir a la casa de baño. Los viernes no se nos daba comida para así tener más apetito en la comida del Sabbath, pero la mujer del carpintero siempre me servía a mí menos cantidad que a los otros. Todos los demás recibían una buena tajada de pescado, a mí me daba la cola. Al primer bocado, ya me atragantaba con una espina. La sopa estaba aguada, y mi ración de carne se reducía a patas de pollo con unas cuantas hebras de músculo. No era sólo que no pudiera uno masticarlas, sino que si se lo tragaba, según el Talmud, se le debilitaba a uno la memoria. Ni siquiera recibía suficiente *challah*, y en cuanto a los dulces ni siquiera los probaba. De modo que me había ido hambriento a dormir.

Era invierno, y hacía mucho frío en mi cobertizo. Los ratones bullían sin cesar. Yo yacía tendido sobre el montón de virutas, cubierto con trapos a manera de mantas, ardiendo de ira. Lo que deseaba era echarle la mano encima a mi hermano Lippe. Pensé también en Havele; uno podía esperar que una cuñada fuese más amable que un hermano, pero ella sólo tenía tiempo para sí misma y sus muñequitas. Por la forma en que se vestía, cualquiera hubiera pensado que era una gran señora; las pocas veces que acudía al *shul* para asistir a una boda llevaba un sombrero de plumas. A cualquier parte que yo fuese, siempre oía decir que Lippe había comprado tal cosa o que Havele había comprado tal otra; su principal ocupación consistía, al parecer, en acicalarse. Ella aparecía con un abrigo de pieles y luego con una piel de zorro; se paseaba engalanada de punta en blanco, mientras yo yacía como un perro, sintiendo en el estómago los retortijones del hambre. Maldije a los dos. Rogué a Dios para que les llenara de enfermedades y todo lo que se me ocurrió. Poco a poco, fui quedándome dormido.

Pero luego desperté; era noche cerrada, y sentí que debía tomarme venganza. Era como si algún diablo me hubiese agarrado por los cabellos y gritara: «¡Leibus, ha llegado la hora de la venganza!». Me levanté; encontré en la oscuridad un saco, que llené de virutas. Tales cosas están prohibidas en el Sabbath, pero yo había olvidado mi religión; indudablemente, había un *dybbuk* dentro de mí. Me vestí en silencio, tomé el saco con las virutas, dos pedernales y una mecha y salí furtivamente. Quería prender fuego a la casa de mi hermano, al molino, al granero, todo.

Fuera, reinaba una completa oscuridad, y yo tenía un largo camino por recorrer. Atravesé cenagosas extensiones de pastos, campos y praderas. Sabía que lo perdería todo, este mundo y el futuro. Pensé incluso en mi madre que reposaba en la tumba: ¿qué diría ella? Pero cuando uno pierde la razón, no hay nada que pueda detenerle. Ni siquiera me preocupaba tropezarme con algún conocido. Estaba fuera de mí mismo.

Andaba incesantemente, soplaba el viento y el frío me penetraba hasta los huesos. Me hundía en la nieve hasta las rodillas y salía de una zanja sólo para caer en otra. Al pasar junto a la aldea conocida por el nombre de Los Pinos, los perros me atacaron. Ya sabes lo que es eso: cuando un perro ladra, se le unen todos los demás. Fue un milagro que no se despertaran los campesinos y me tomaran por un ladrón de caballos, habrían dado cuenta de mí en el acto. Estuve a punto de desistir de mis propósitos. Quería dejar el saco y correr de nuevo a la cama. Pensé también en lanzarme a vagabundear por los caminos, pero mi *dybbuk* me incitaba: «¡Ahora o nunca!» Seguí avanzando penosamente. Las virutas de madera no son pesadas, pero si lleva uno un saco mucho tiempo acaba notando cansancio. Empecé a sudar, pero seguí marchando a riesgo de mi vida.

Y escucha ahora la coincidencia que se produjo.

Mientras caminaba, vi de pronto un resplandor rojizo en el cielo. ¿Sería el alba? No parecía posible. Estábamos a principios de invierno; las noches eran largas. Me hallaba ya muy cerca del molino y aceleré el paso. Casi eché a correr. Bueno, pues el caso es que cuando llegué al molino me encontré con que estaba ardiendo. ¿Puedes imaginarte eso? Había ido a prender fuego a un edificio, y resultaba que ya era presa de las llamas. Me quedé como paralizado; la cabeza me daba vueltas. Me pareció que iba a volverme loco. Tal vez lo estaba, pues inmediatamente tiré al suelo mi saco de virutas y empecé a gritar pidiendo socorro. Estaba a punto de correr hacia el molino, cuando me acordé de Lippe y su familia, así que me dirigí a la casa; toda ella estaba convertida en un llameante infierno e invadida por el humo. Las vigas estaban ardiendo; había un resplandor tan intenso como en Simchas Torá. Dentro, el calor era tan abrasador como en un horno, pero corrí hacia el dormitorio, abrí de un golpe la ventana, cogí a mi hermano y lo arrojé a la nieve. Hice lo mismo con su mujer y sus hijos. Estuve a punto de morir asfixiado, pero los salvé a todos. En cuanto hube acabado, se derrumbó el techo. Mis gritos habían despertado a los campesinos, que llegaron corriendo. Atendieron a mi hermano y a su familia. La chimenea y un montón de cenizas era todo lo que quedaba de la casa, pero los campesinos lograron apagar el fuego del molino. Un carretero se compadeció de mí y aquella noche me llevó a Zamosc. No transportaba pasajeros, sólo carga, y me instaló entre las barricas. Cuando la historia del incendio llegó a Zamosc, me marché a Lublín. Allí me hice carpintero y me casé. Mi mujer no me dio hijos; yo trabajaba de firme, pero no tuve suerte. Mi hermano Lippe se hizo millonario —era dueño de la mitad de Janow—, pero nunca recibí ni una línea de él. Sus hijas se casaron con rabinos y con acomodados hombres de negocios. Ya no vive; murió abrumado de honores y riquezas. Hasta ahora no he contado esto a nadie. ¿Quién me habría creído? He mantenido en secreto incluso que soy de Janow. Siempre he dicho que era de Shebreshim. Pero ahora que estoy en mi lecho de muerte, ¿por qué había de mentir? Lo que he dicho es la verdad, absolutamente toda la verdad.

Sólo hay una cosa que no comprendo y que no comprenderé hasta que llegue a la otra vida: ¿por qué tenía que estallar un incendio en casa de mi hermano precisamente aquella noche? Hace algún tiempo se me ocurrió la idea de que fue mi ira lo que encendió aquel fuego. ¿A ti qué te parece?

—La ira no puede incendiar una casa.

—Lo sé… Sin embargo, existe la expresión de «ardiente ira».

—Oh, eso es sólo una manera de hablar.

Bueno, cuando vi aquel fuego me olvidé de todo y corrí a salvarles. Sin mí, habrían quedado reducidos a cenizas. Ahora que voy a morir, quiero que se sepa la verdad. Divisé el saco de virutas y lo arrojé al fuego. Mi hermano y su familia encontraron cobijo en casa de algunos vecinos. Para entonces había amanecido ya.

¡Él lo ha hecho! ¡Él encendió el fuego!

—¿Cómo ha ocurrido? ¿Cómo es que estás aquí?

Mi cuñada se abalanzó sobre mí como si quisiera sacarme los ojos.

—¡Él lo ha hecho! ¡Él encendió fuego!

Los campesinos me interrogaron también.

—¿Qué diablos te ha traído por aquí?

Yo no sabía qué decir. Empezaron a apalearme. Antes de que me hicieran papilla, mi hermano levantó la mano.

—Basta, amigos. Hay un Dios, y Él le castigará.

Y al decirlo me escupió en la cara.

A duras penas conseguí llegar a mi casa; no caminaba, me arrastraba. Como un animal tullido, avanzaba trabajosamente sobre cuatro patas. De vez en cuando me detenía para refrescar mis heridas en la nieve. Pero las verdaderas complicaciones comenzaron cuando llegué a casa. Todo el mundo me preguntaba:

—¿Dónde estabas? ¿Cómo es que sabías que estaba incendiada la casa de tu hermano?

Luego se enteraron de que se sospechaba de mí. El hombre para el que yo trabajaba entró en mi cobertizo y puso el grito en el cielo cuando descubrió que faltaba uno de sus sacos. Todo Janow dijo que yo había prendido fuego a la casa de mi hermano, y además en sábado.

Las cosas no podían haber sido peor. Estaba en peligro de ser encarcelado o empicotado en el patio de la sinagoga. Ahuequé el ala.

EL INVISIBLE

I

NATHAN Y TEMERL

Dicen que yo, el Espíritu malo, después de descender a la tierra para inducir a los hombres al pecado, subiré al cielo para acusarles. En realidad, yo soy también quien da el primer empujón al pecador, pero lo hago tan inteligentemente que el pecado parece un acto de virtud; de este modo, otros infieles, incapaces de aprender con el ejemplo, continúan hundiéndose en el abismo.

Pero permitidme que os cuente una historia.

En la ciudad de Frampol vivía una vez un hombre que era conocido por su gran riqueza y sus dispendiosos lujos. Llamado Nathan Jozefover, pues había nacido en Jozefov, había contraído matrimonio con una muchacha de Frampol y se había establecido allí. En el tiempo de esta historia, Reb Nathan tenía sesenta años, quizá algo más. Corpulento y de baja estatura, tenía, como la mayoría de los ricos, una abultada barriga. Entre las patillas de su negra barba, asomaban sus mejillas, rojas como el vino. Sobre sus inquietos ojos, las cejas eran gruesas y peludas. Toda su vida había comido, bebido y gozado de esparcimientos. Para el desayuno, su mujer le servía pollo frío y pan de uvas que, como un gran terrateniente, regaba con un vaso de aguamiel. Tenía debilidad por golosinas tales como pichón asado, fritillas con hígado, huevos con salsa bechamel, etcétera. La gente murmuraba en la ciudad que su mujer, Roise Temerl, le preparaba budín todos los días y que, si lo deseaba, le hacía una comida de Sabbath en medio de la semana. En realidad, también a ella le gustaba regalarse en la mesa.

Careciendo de hijos y poseyendo dinero en abundancia, marido y mujer creían, al parecer, que todo estaba en orden. Ambos se hicieron gordos y perezosos. Después de almorzar, cerraban las contraventanas del dormitorio y roncaban en sus lechos de plumas igual que si fuera medianoche. Durante las noches de invierno, largas como el exilio de los judíos, solían levantarse de la cama para regalarse con mollejas, hígados de pollo y mermelada, regado todo ello con caldo de remolachas o jugo de manzana. Luego, de vuelta en sus endoselados lechos, reanudaban sus sueños con las gachas del día siguiente.

Reb Nathan dedicaba poco tiempo a su negocio de granos, que funcionaba por sí solo. Detrás de la casa que había heredado de su suegro, se alzaba un amplio granero con dos puertas de roble. En el patio había también heniles, cobertizos y otras construcciones. Muchos de los campesinos de los pueblos vecinos vendían los productos de sus campos exclusivamente a Nathan, pues, aunque tal vez otros pudieran ofrecer más, tenían confianza en la honradez de Nathan. Nunca despedía a nadie con las manos vacías y, a veces, incluso adelantaba dinero a cuenta de la cosecha del año siguiente. Llenos de gratitud, los sencillos campesinos le llevaban leña del bosque, mientras sus mujeres recolectaban setas y bayas para él. Una anciana sirvienta que se había quedado viuda en su juventud cuidaba de la casa e incluso aportaba su ayuda al negocio. A lo largo de toda la semana, excepción del día de mercado, Nathan no tenía que mover un solo dedo.

Disfrutaba llevando buenos vestidos y contando historias fantásticas. ¡En verano sesteaba en una tumbona instalada entre los árboles de su huerto, o bien leía la Biblia en yiddish o, simplemente, un libro de cuentos! Le gustaba escuchar los sábados la predicación de un *magid*[1] y, ocasionalmente, invitar a un pobre a su casa. Tenía muchas diversiones; por ejemplo, le encantaba que su mujer, Roise Temerl, le hiciera cosquillas en los pies, y ella lo hacía siempre que él quería. Se rumoreaba que él y su mujer se bañaban juntos en su propia casa de baño, que se *alzaba* en el palio. Vestido con una bata de seda bordada con flores y hojas y calzado con zapatillas de borla, solía salir por las tardes al porche fumando una pipa con cazoleta de ámbar. Los que pasaban le saludaban, y él respondía amistosamente. A veces, paraba a una muchacha que pasaba, le preguntaba esto y aquello y la despedía luego con una broma. Él sábado, después de la lectura del *Perek*,[2]

---

[1] Predicador judío tradicional, religioso e itinerante, calificado como un narrador de la Torá y de historias religiosas. *(N. del E.)*

[2] Se refiere al *Perek Shirá*, un poema de 1 800 años de antigüedad, atribuido al Rey David, en el que cada criatura y fenómeno natural alaba a Dios con un versículo bíblico en particular que alude a la esencia de esa creación. El canto sirve para la autosuficiencia y la salvación de todo mal. *(N. del E.)*

solía sentarse en el banco con las mujeres, comiendo nueces o semillas de calabaza, escuchando los chismorreos y contando sus entrevistas con terratenientes, sacerdotes y rabinos. Había viajado mucho en su juventud, visitando Cracovia, Brody y Danzig.

Roise Temerl era casi la viva imagen de su marido. Como dice el proverbio, cuando marido y mujer duermen sobre una misma almohada acaban teniendo la misma cabeza. Pequeña y rechoncha tenía, a pesar de su edad, mejillas todavía llenas y sonrosadas, y una boca pequeña y parlanchina. Sus superficiales conocimientos de hebreo, que apenas le bastaban para leer los libros de oraciones, le daban derecho a un destacado papel en la sección de mujeres de la casa de oración. A menudo, llevaba una novia a la sinagoga, hacía de madrina en una circuncisión y, de vez en cuando, recaudaba dinero para el ajuar de una muchacha pobre. Aunque mujer acomodada, sabía aplicar ventosas a los enfermos y curar la pepita de las gallinas. Entre sus habilidades se incluían el bordar y el hacer punto. Poseía numerosas joyas, vestidos, abrigos y pieles, que guardaba en arcas de roble como protección contra la polilla y los ladrones.

Debido a sus agradables maneras, era bien recibida en la carnicería, en el baño ritual y dondequiera que fuese. Su único pesar era no haber tenido hijos. Para compensarlo, daba generosas limosnas y contrató a un piadoso estudiante para que rezara en su memoria después de su muerte. Se complacía ante una bolsa de dinero que había logrado ahorrar a lo largo de los años y disfrutaba de vez en cuando contando las monedas de oro. Sin embargo, como Nathan le daba todo lo que necesitaba, no encontraba el modo de gastar el dinero. Aunque él tenía conocimiento de la existencia de su tesoro, simulaba ignorancia, comprendiendo que «agua robada es dulce de beber», y no ponía ningún obstáculo a aquella inocente diversión.

II

SHIFRA ZIREL, LA SIRVIENTA

Un día, su vieja sirvienta enfermó y no tardó en morir. Nathan y su esposa se sintieron profundamente apenados, no sólo porque se habían acostumbrado tanto a ella que casi la consideraban una parienta de sangre, sino también porque había sido honrada, fiel y trabajadora, y no sería fácil encontrar una sustituta que la igualara. Nathan y Roise Temerl lloraron sobre su tumba, y Nathan rezó el primer *kaddish*. Prometió que, después de los treinta días del periodo de luto, se trasladaría a Janow para encargar la lápida que ella se merecía. En realidad, Nathan no había salido perdiendo con su muerte. Mujer que rara vez gastaba nada de su sueldo y careciendo en absoluto de familia, se lo había dejado todo a sus amos.

Inmediatamente después del funeral, Roise Temerl empezó a buscar una nueva criada, pero no pudo encontrar ninguna que fuera comparable a la primera. Las muchachas de Frampol no sólo eran perezosas, sino que tampoco sabían guisar a entera satisfacción de Roise Temerl. Se le ofrecieron varias viudas, divorciadas y esposas abandonadas, pero ninguna reunía las cualidades que Roise Temerl deseaba. Preguntaba a cada candidata que se presentaba en su casa cómo preparar el pescado, marinar el *borscht*, hornear los pasteles, el strudel, las galletas de huevo, etcétera; qué había que hacer cuando se cortaba la leche o el *borscht,* cuando un pollo resultaba demasiado duro, un caldo demasiado espeso, un pudín de Sabbath demasiado cocido, unas gachas demasiado espesas o demasiado finas, y otras preguntas rebuscadas. La aturdida muchacha perdía el habla y quedaba confusa. Así pasaron varias semanas, y la remilgada Roise Temerl, que tenía que hacer todas las faenas caseras, empezó a ver claramente que era más fácil comer los manjares que prepararlos.

Bien. Yo, el seductor, no podía quedarme quieto viendo pasar hambre a Nathan y a su mujer, así que les envié una criada, una maravilla de maravillas.

Natural de Zamosc, había trabajado para diversas familias ricas de Lublín. Si bien al principio se negó a ir a un lugar tan insignificante como Frampol aunque se le pagara su peso en oro, intervinieron varias personas, Roise Temerl accedió a pagar unos cuantos florines más de los que pagaba antes, y la muchacha, Shifra Zirel, decidió aceptar el empleo.

Llegó en el coche que había tenido que ser enviado a Zamosc para trasladarla a ella y a su copioso equipaje, cargada de maletas, cestos y bolsas de viaje, igual que una novia rica. Bien pasados ya los veinte años, no aparentaba más de dieciocho o diecinueve. Llevaba el cabello separado en dos trenzas recogidas a los lados de la cabeza; lucía un mantón a cuadros con borlas, un vestido de cretona y estrechos zapatos de ahusado tacón. Tenía la barbilla firme, los labios delgados y los ojos agudos e insolentes. Llevaba pendientes en las orejas y en torno a la garganta un collar de coral. Mostró inmediatamente su desagrado ante la abundancia de barro que había en

Frampol, el arcilloso sabor del agua y el apelmazado pan de fabricación casera. El primer día se sirvió sopa hecha por Roise Temerl; probó ella una cucharada, hizo una mueca y comentó:

—¡Está rancia y avinagrada!

Exigió que se le pusiera como ayudante una muchacha judía o gentil; y Roise Temerl, después de una larga búsqueda, encontró una gentil, la robusta hija del guarda de los baños. Shifra Zirel empezó a dar órdenes. Mandó a la muchacha que fregara los suelos, limpiara la estufa, barriera las telarañas de los rincones, y aconsejó a Roise Temerl que se deshiciera de los muebles superfluos, varias desvencijadas sillas, taburetes, mesas y cómodas. Fueron limpiadas las ventanas, cambiadas las polvorientas cortinas, y las habitaciones quedaron más iluminadas y espaciosas. Roise Temerl y Nathan se quedaron asombrados con su primera comida. Ni siquiera el emperador podría pedir mejor cocinera. Antes de la sopa fue servido un aperitivo de hígado y bofes de ternera, en parte fritos y en parte cocidos, y su aroma les cosquilleó la nariz. La sopa estaba sazonada con hierbas imposibles de conseguir en Frampol, tales como tártago y paprika, que la nueva criada se había traído, al parecer, de Zamosc. El postre era una mezcla de compota de manzanas, uvas y albaricoques, sazonada con canela, azafrán y clavo, cuya fragancia llenaba la casa. Luego, como en las casas distinguidas de Lublín, les sirvió café negro con achicoria. Después de la comida, Nathan y su mujer, como de costumbre, se dispusieron a echar la siesta, pero Shifra Zirel les advirtió que era malo para la salud dormir inmediatamente después de comer, porque los vapores subían desde el estómago hasta el cerebro. Aconsejó a sus amos que pasearan un rato por el jardín. Nathan estaba rebosante de buenos alimentos, y el café se le había subido a la cabeza. Se tambaleaba y repetía constantemente:

—Bueno, esposa mía, ¿no es un tesoro esta criada?

—Espero que no nos la quite nadie —dijo Roise Temerl.

Sabiendo lo envidiosa que era la gente, temía que alguien ofreciera mejores condiciones a la muchacha.

No hace falta entrar en detalles acerca de los excelentes platos que preparaba Shifra Zirel, los *babkas* y macarrones que guisaba y los condimentos que utilizaba. Los vecinos encontraron irreconocibles las habitaciones y el patio de la casa de Nathan. Shifra Zirel había blanqueado las paredes, limpiado las barracas y los cobertizos y contratado a un labrador para que arrancara las malas hierbas del jardín y reparara la valla y la barandilla del porche. Como si fuera la señora de la casa más que su criada, lo vigilaba todo. Cuando Shifra Zirel con vestido de lana y puntiagudos zapatos, salía a dar un paseo los sábados después de la comida *cholent* cocinada el día anterior, atraía las miradas no sólo de los campesinos y las muchachas pobres, sino también de los jóvenes pertenecientes a buenas familias. Recogiéndose delicadamente la falda, caminaba con la cabeza alta. Su ayudante, la hija del guarda de la casa de baños, la seguía llevando una bolsa de frutas y bollos, pues los judíos no podían llevar bultos en sábado. Desde los bancos situados a la puerta de sus casas, las mujeres la observaban y movían la cabeza. «¡Es tan orgullosa como la mujer de un hacendado!», comentaban, prediciendo que su estancia en Frampol sería breve.

III

TENTACIÓN

Un martes, mientras Roise Temerl se hallaba en Janow visitando a su hermana, que estaba enferma, Nathan ordenó a la muchacha gentil que le preparara un baño de vapor. Le habían estado doliendo desde la mañana las piernas y los huesos, y sabía que el único remedio era sudar abundantemente. Después de poner gran cantidad de leña en el horno en torno a los ladrillos, la muchacha encendió fuego, llenó de agua la tina y volvió a la cocina.

Una vez que el fuego se hubo apagado, Nathan se desnudó y vertió un cubo de agua sobre los ardientes ladrillos. La estancia se llenó de vapor. Nathan, subiendo hasta el último escalón, donde más denso y caliente era el vapor, empezó a azotarse con una escobilla de ramas que había preparado previamente. Roise Temerl solía ayudarle generalmente a ello. Cuando él sudaba ella echaba los cubos, y cuando ella sudaba los echaba él. Después de haberse azotado mutuamente con escobillas de ramas, Roise Temerl le bañaba en una tina de madera y le peinaba. Pero esta vez Roise Temerl había tenido que ir a Jarnow a ver a su hermana enferma, y Nathan no creía prudente esperar a su regreso, ya que su cuñada era muy vieja y podía morirse, y en tal caso Roise Temerl tendría que quedarse allí siete días. Era la primera vez que tomaba el baño solo. El vapor se disipó pronto, como de costumbre. Nathan quería bajar y echar más agua en los ladrillos, pero le pesaban las piernas y sentía pereza. Se tumbó de espaldas, con la barriga abultando hacia arriba, azotándose con la escobilla, frotándose las rodillas y los tobillos y contemplando la curvada viga del techo ennegrecido por el humo. Se veía por una rendija un trozo de cielo azul. Era el mes de Elul, y Nathan se sintió invadido de melancolía. Recordaba a su cuñada cuando era una joven llena de vida; y ahora estaba en su lecho de muerte. Tampoco él comería mazapanes ni dormiría entre edredones continuamente, pues algún día sería depositado en una oscura tumba, y los gusanos devorarían el cuerpo que Roise Temerl había mimado durante los casi cincuenta años que había sido su esposa.

Nathan yacía allí tendido meditando con tristeza, cuando de pronto oyó crujir la cadena que sujetaba la puerta y abrirse ésta. Volvió la vista y vio, estupefacto, que había entrado Shifra Zirel. Descalza y con un pañuelo alrededor de la cabeza, se hallaba vestida solamente con un slip.

—¡No! —exclamó él con voz ahogada, y se apresuró a cubrirse.

Azorado y moviendo la cabeza, le rogó que se marchara, pero Shifra Zirel dijo:

—No tema, señor, no le voy a comer.

Echó un cubo de agua sobre los calientes ladrillos. Un agudo silbido llenó la estancia y blancas nubes de vapor se alzaron rápidamente escaldando las piernas de Nathan. Luego, Shifra Zirel subió los escalones, sujetó la escobilla y empezó a azotarle. Él estaba tan aturdido que no podía hablar y le faltó poco para resbalar y caerse. Shifra Zirel, mientras tanto, continuó azotándole diligentemente y frotándole con una pastilla de jabón que había llevado consigo. Finalmente, Nathan dijo con voz ronca:

—¿Qué vienes a hacer aquí? ¡Qué vergüenza!

—¿De qué hay que avergonzarse? —preguntó ligeramente la criada—. No le haré daño al señor…

Durante largo rato, se ocupó en peinarle y darle masajes, frotándole con jabón y remojándole con agua, y Nathan se vio obligado a reconocer que aquella diabólica mujer tenía más habilidad que Roise Temerl. Sus manos eran también más suaves; cosquilleaban su cuerpo y encendían su deseo. No tardó en olvidar que era el mes de Elul, el que precede a los Días de Temor, y dijo a la criada que echara el cerrojo de madera a la puerta. Luego, con voz trémula, le hizo una proposición.

—¡Jamás! —contestó ella, resueltamente, echándole un cubo de agua encima.

—¿Por qué no? —preguntó él, chorreando de pies a cabeza.

—Porque pertenezco a mi marido.

—¿A qué marido?

—Al que tendré algún día, si Dios quiere.

—Vamos, Shifra Zirel —dijo Nathan—. Te daré algo…, un collar de coral, o un broche.

—Está perdiendo el tiempo —dijo ella.

—¡Un beso al menos! —rogó.

—Un beso le costará veinticinco monedas —dijo Shifra Zirel.

—¿*Groszy* o monedas de tres *zlotys*? —preguntó prácticamente, y Shifra Zirel respondió:

—Florines.

Nathan reflexionó. Veinticinco florines no eran ninguna bagatela. Pero yo, el Diablo, le recordé que la vida no es eterna y que no importaba dejar a la espalda veinticinco florines menos. Accedió.

Inclinándose sobre él y rodeándole con los brazos el cuello, Shifra Zirel le besó en la boca. Medio beso, medio mordisco, le dejó sin aliento. Se despertó en él la lujuria. No podía bajar, pues le temblaban los brazos y las piernas, de modo que Shifra Zirel tuvo que ayudarle e incluso le puso su bata.

—Así que ésa es la especie de mujer que eres... —murmuró.

—No me insulte, Reb Nathan —advirtió ella—. Soy pura.

«Pura como la corva de un cerdo», pensó Nathan. Abrió la puerta para que saliese. Al poco rato, mirando inquieto a un lado y a otro, para cerciorarse de que no era visto, salió él también.

—¡Imaginar que suceda una cosa así! —murmuró—. ¡Qué desvergüenza! ¡Una auténtica ramera!

Decidió no volver jamás a tener tratos con ella.

IV

NOCHES AGITADAS

Por la noche, Nathan yacía tendido en su colchón de plumas, envuelto en una suave manta y con la cabeza apoyada en tres almohadones, pero mi esposa Lilith y sus compañeras le habían robado el sueño. Se había adormilado, pero despertó; empezó a soñar algo, mas la visión le aterró, y se incorporó sobresaltado. Alguien invisible le cuchicheó algo al oído. Imaginó por un momento que tenía sed. Luego, sintió que le ardía la cabeza. Bajó de la cama, se puso las zapatillas y la bata de noche y se dirigió a la cocina a sacar un cubilete de agua. Al inclinarse sobre la barrica, resbaló y casi se cae dentro. Y, de pronto, comprendió que deseaba a Shifra Zirel con todo el ardiente deseo de un hombre joven.

—¿Qué es lo que me pasa? —murmuró—. Esto sólo puede ser una treta del diablo.

Empezó a caminar hacia su habitación, pero se encontró yendo al pequeño cuarto en que dormía la criada. Se detuvo junto a la puerta y escuchó. Llegaba un susurro desde detrás de la estufa, y algo crujió en la madera seca. Afuera, brilló el resplandor de un farol; se oyó un suspiro. Nathan recordó que era el mes de Elul, cuando los judíos temerosos de Dios se levantaban al alba para rezar las oraciones *Selichot*. Precisamente en el instante en que iba a volverse, la criada abrió la puerta y preguntó con tono alerta:

—¿Quién está ahí?

—Soy yo —susurró Nathan.

—¿Qué desea el señor?

—¿No lo sabes?

Ella gimió y guardó silencio, como si no supiera qué hacer. Luego dijo:

—Vuélvase a la cama, señor. Es inútil hablar.

—Pero no puedo dormir —se quejó Nathan, en el mismo tono que a veces utilizaba con Roise Temerl—. ¡No me despidas!

—Váyase, señor —dijo Shifra Zirel con voz irritada—, ¡o gritaré!

—¡Pst! No te forzaré. Estoy enamorado de ti. Te quiero.

—Si el señor me quiere, que se case entonces conmigo.

—¿Cómo puedo hacerlo? ¡Tengo una esposa! —exclamó sorprendido Nathan.

—Bueno, ¿y qué? ¿Para qué se cree que está el divorcio? —respondió ella.

«No es una mujer —pensó Nathan—, sino un demonio.»

Asustado de ella y de sus palabras, permaneció apoyado en el quicio de la puerta, aturdido y confuso. El Buen Espíritu, que se halla en la cúspide de su poder durante el mes de Elul, le recordó *La medida de la virtud,* que él había leído en yiddish, historias de piadosos varones tentados por esposas de hacendados, diablesas y meretrices que se habían negado a sucumbir a la tentación. «La despediré mañana mismo, aunque tenga que pagarle el sueldo de un año», decidió Nathan. Pero dijo:

—¿Qué te ocurre? ¡He vivido con mi mujer durante casi cincuenta años! ¿Por qué iba a divorciarme de ella ahora?

—Cincuenta años es suficiente —respondió la descarada criada.

Su insolencia, en vez de repelerle, le hizo sentirse más atraído. Avanzó hacia su cama y se sentó en el borde. Un perverso calor emanaba de ella. Dominado por un vehemente deseo, dijo:

—¿Cómo puedo divorciarme? Ella no consentiría.

—Puede divorciarse sin su consentimiento —replicó la criada, bien informada al parecer.

Los halagos y las promesas no le hicieron modificar su decisión. Prestaba oídos sordos a todos los razonamientos de Nathan. Apuntaba ya la primera luz del día, cuando él volvió a su lecho. Las paredes de su alcoba se hallaban teñidas de una tonalidad gris cenicienta. El sol se alzaba por oriente como una brasa resplandeciente entre un montón de cenizas, proyectando un fulgor escarlata, como el fuego del infierno. Un cuervo se posó en el alféizar y empezó a graznar con su pico negro y curvado, como si tratara de enunciar alguna mala noticia. Un escalofrío recorrió los huesos de Nathan. Sintió que ya no era dueño de sí mismo, que el Mal Espíritu había empuñado las riendas y le conducía por un sendero de iniquidad, peligroso y lleno de obstáculos.

Mientras su mujer, Roise Temerl, observaba el periodo de luto por su hermana en Janow, él se levantaba todas las noches e iba a la alcoba de Shifra Zirel, que, todas las veces, le rechazaba.

Implorando y suplicando, prometía valiosos regalos, ofrecía una dote cuantiosa y la inclusión en su testamento, pero todo era inútil. Juraba no volver a ella, pero su voto quedaba roto cada noche. Hablaba disparatadamente, de un modo indigno de un hombre respetable, y se deshonraba a sí mismo. Cuando la despertaba, ella no sólo le echaba, sino que también le increpaba. Al pasar en la oscuridad de su cuarto al de ella, tropezaba con las puertas, armarios y estufas, y tenía el cuerpo, cubierto de moraduras. Metía el pie en un recipiente de agua sucia y lo volcaba. Rompía vajillas y cristalerías. Trataba de recitar un capítulo de los Salmos que se sabía de memoria e imploraba a Dios que le liberase de la red que yo había tendido, pero las sagradas palabras se deformaban en sus labios, y su mente se llenaba de pensamientos impuros. En su dormitorio había un constante zumbido de las luciérnagas, moscas, polillas y mosquitos que yo, el Malo, había introducido en él. Abiertos los ojos y los oídos atentos, Nathan yacía despierto, escuchando el menor rumor. Cacareaban los

gallos, croaban las ranas en las charcas, chirriaban los grillos, ramalazos de luz brillaban con extraño fulgor. Un
duendecillo le recordaba constantemente: «No seas tonto,
Nathan, ella te está esperando; quiere ver si eres un hombre o
un capón.» Y el duende murmuraba: «Elul o no Elul, una
mujer es una mujer, y si no la gozas en este mundo será demasiado tarde en el otro.» Nathan llamaba a Shira Zirel y aguar-
daba su contestación. Le parecía oír el roce de sus pies descalzos, y ver en la oscuridad la blancura de su cuerpo o de su
slip. Finalmente, trémulo y ardoroso, se levantaba de la cama
e iba a su habitación. Pero ella se mantenía firme:

—O yo o la señora —declaraba—. ¡Váyase, señor!

Cogía una escoba y le pegaba con ella en la espalda. Y Reb
Nathan Jozefover, el hombre más rico de Frampol, respetado
por jóvenes y viejos, volvía, derrotado y maltrecho, a su endoselado lecho y se agitaba febrilmente hasta el amanecer.

V

LA CARRETERA DEL BOSQUE

Cuando Roise Temerl regresó de Janow y vio a su marido, se
quedó asustada. Tenía el rostro lívido, había bolsas debajo de
sus ojos, y su barba, que hasta entonces había sido negra, estaba ahora surcada de hebras blancas; su estómago se había
aflojado y colgaba como un saco. Como si estuviera grave-
mente enfermo, apenas si podía arrastrar los pies.

—¡Válgame el cielo! ¡Muchos con mejor aspecto han sido
llevados a la tumba! —exclamó.

Empezó a hacerle preguntas, pero como él no podía contarle la verdad le dijo que sufría de jaquecas, flato, punzadas y otros achaques semejantes. Roise Temerl, aunque había estado deseando ver a su marido y esperado con ansiedad el momento de reunirse con él, alquiló un carruaje y caballos y le dijo que fuese a visitar a un médico de Lublín. Le llenó una maleta con bollos, mermeladas, jugos de frutas y varios otros refrescos y le urgió para que buscase al mejor médico, sin reparar en gastos, y siguiera la medicación que le prescribiese. Shifra Zirel asistió también a la marcha de su amo, acompañando a pie al carruaje hasta el puente y deseándole un rápido restablecimiento.

Ya avanzada la noche, a la luz de la luna llena, mientras el carruaje rodaba por una carretera que atravesaba el bosque, yo, el Espíritu Malo, me llegué a Reb Nathan y le pregunté:

—¿Adónde vas?

—¿No lo ves? A visitar a un médico.

—Tu mal no puede ser curado por un médico —dije.

—¿Qué puedo hacer? ¿Divorciarme de mi mujer?

—¿Por qué no? —repuse—. ¿No arrojó Abraham a su esclava Agar al desierto sin nada más que un odre de agua porque prefería a Sara? ¿Y no tomó más tarde a Ketura y tuvo seis hijos con ella? ¿No tomó Moisés, maestro de todos los judíos, además de Séfora, a otra mujer de la tierra de Kush, y cuando María, su hermana, murmuró contra él no se volvió leprosa? ¿Sabes, Nathan, que estás destinado a tener hijos e hijas y, de acuerdo con la Ley, deberías haberte divorciado de Roise Ternerl diez años después de tu matrimonio con ella? Pues bien, no puedes abandonar este mundo sin engendrar hijos, y, por lo tanto, el Cielo te ha enviado a Shifra Zirel para que repose en tu regazo, quede embarazada y dé a luz hijos sanos que recen por ti el *kaddish* después de tu muerte y hereden tus bienes. Así, pues, no intentes resistir, Nathan, pues tal es el decreto del Cielo, y si no lo cumples serás castigado, morirás pronto, y Roise Temerl quedará viuda de todas maneras y tú heredarás el infierno.

Nathan se aterró al oír estas palabras. Temblando de pies a cabeza, dijo:

—Si es así, ¿por qué voy a Lublín? Debería ordenar al cochero que volviese a Frampol.

Y yo repuse:

—No, Nathan. ¿Por qué decirle a tu mujer lo que vas a hacer?

Cuando conozca tu propósito de divorciarte de ella y de tomar a la criada en su lugar se sentirá profundamente agraviada y puede que trate de vengarse de ti o de la criada. Es mejor que sigas el consejo que te dio Shifra Zirel. Obtén en Lublín los papeles del divorcio y colócalos secretamente entre los vestidos de tu mujer; eso hará válido el divorcio. Dile luego que los médicos te han aconsejado que vayas a Viena para ser operado, ya que tienes un tumor interno. Y antes de marcharte reúne todo el dinero y llévatelo contigo, dejando a tu mujer solamente la casa, los muebles y sus pertenencias personales. Una vez que estés lejos, y Shifra Zirel contigo, puedes informar a Roise Temerl que se halla divorciada. De este modo, evitarás el escándalo. Pero apresúrate, Nathan, pues Shira Zirel no se quedará, y si ella te abandona, podrías ser castigado y perecer, y perder este mundo juntamente con el otro.

Seguí hablándole con palabras impías y piadosas y, al amanecer, cuando se quedó dormido, le llevé a Shifra Zirel desnuda y le mostré las imágenes de los hijos que ella alumbraría, varones y hembras con ensortijados rizos, y le hice comer imaginarios platos que ella le había preparado: sabían a Paraíso. Despertó de estas visiones hambriento y consumido de deseo. En las afueras de la ciudad, el carruaje hizo alto en una posada, donde le fue servido a Nathan un desayuno y preparada una cama. Pero en su paladar subsistía el sabor de los manjares que había probado en sueños. Y en sus labios podía sentir casi los besos de Shifra Zirel. Vencido por un ardiente deseo, volvió a ponerse el abrigo y dijo a los posaderos que debía apresurarse para reunirse con los mercaderes.

En una calleja trasera a la que yo le conduje, descubrió a un mezquino escriba que, por cinco florines, redactó los papeles del divorcio y los hizo firmar por testigos, tal como exigía la ley. Luego, Nathan, después de comprar numerosos frascos y píldoras a un boticario, regresó a Frampol. Dijo a su mujer que había sido examinado por tres doctores, que le habían encontrado un tumor en el estómago y que debía ir enseguida a Viena para ser tratado por un especialista, so pena de no llegar al final del año. Agitada por sus palabras, Roise Temerl dijo:

—¿Qué es el dinero? Tu salud significa mucho más para mí.

Quería acompañarle, pero Nathan razonó con ella y arguyó:

—El viaje costará el doble; además, es preciso que alguien cuide aquí de nuestros negocios. No, quédate, y si Dios quiere, todo saldrá bien. Volveré, y seremos felices juntos.

Al final, Roise Temerl accedió a quedarse.

Aquella misma noche, después de que Roise Temerl se quedase dormida, Nathan se levantó de la cama y colocó silenciosamente los papeles del divorcio en su baúl. Visitó también a Shifra Zirel en su cuarto para informarle de lo que había hecho. Besándole y abrazándole, ella le prometió ser una buena esposa para él y una buena madre para sus hijos. Pero, riéndose para sus adentros, pensó: «Viejo estúpido, pagarás caro el haberte enamorado de una ramera.»

Y ahora empieza la historia de cómo yo y mis compañeros obligamos al viejo pecador, Nathan Jozefover, a convertirse en un hombre que ve sin ser visto, de modo que sus huesos nunca recibieran debida sepultura, que es el castigo que se impone a la lujuria.

VI

LA VUELTA DE NATHAN

Transcurrió un año. Roise Temerl tenía ya un segundo marido; se había casado con Moshe Mécheles, un comerciante de grano que había perdido a su mujer al mismo tiempo que ella había sido divorciada. Moshe Mécheles era un hombre bajo, de barba roja, espesas cejas y penetrantes ojos amarillentos. Disputaba a menudo con el rabino de Frampol, se ponía dos pares de filacterias mientras rezaba y poseía un molino de agua. Estaba siempre cubierto de polvo de harina. Era rico ya antes de su matrimonio con Roise Temerl y, después, se hizo cargo de los graneros y clientes de ella y se convirtió en un magnate.

¿Por qué se había casado con él Roise Temerl? En primer lugar, intervinieron otras personas. En segundo, se sentía solitaria y pensó que otro marido podría remplazar, al menos parcialmente, a Nathan. Y en tercero, yo, el Seductor, tenía mis propias razones para desear que se casara. Ahora bien, después de casarse comprendió que había cometido un error. Moshe Mécheles tenía extrañas costumbres. Era delgado, y ella trataba de engordarle, pero ni siquiera tocaba los manjares que ella le preparaba. Prefería pan con ajos, patatas sin pelar, cebollas y rábanos y, una vez al día, un pedazo de carne cocida. Llevaba siempre su manchado caftán sin abrochar; usaba una cuerda para sujetarse los pantalones, se negaba a ir al baño que Roise Temerl le calentaba y había que obligarle a que se cambiara de camisa o de calzoncillos. Además, rara vez estaba en casa; o se hallaba en viaje de negocios o asistiendo a las reuniones de la comunidad. Se acostaba tarde y gruñía y roncaba durante su sueño. Cuando el sol se levantaba, se levantaba también Moshe Mécheles, zumbando como una abeja. Aunque próxima ya a los sesenta años, Roise Temerl no desdeñaba todavía lo que a otras deleitaba, pero Moshe Mécheles entraba a ella muy raramente, y entonces era sólo cuestión de deber. La mujer admitió finalmente que se había equivocado, pero, ¿qué podía hacer? Se tragó su orgullo y sufrió en silencio.

Una tarde del mes de Elul, cuando Roise Temerl salió al patio a tirar las aguas sucias, vio una extraña figura. Soltó un grito; la vasija cayó de sus manos y el agua le salpicó los pies. A diez pasos de ella estaba Nathan, su primer marido. Iba vestido como un mendigo, con el caftán desgarrado, un trozo de cuerda en torno a la cintura, los zapatos hechos trizas y en la cabeza los restos de una gorra. Su en otro tiempo sonrosado rostro era ahora amarillo, y tenía la barba gris; grandes bolsas colgaban de sus ojos. Desde debajo de sus oscuras y revueltas cejas miraba fijamente a Roise Temerl. Por un momento, a ella se le ocurrió que él debía de haber muerto y que tenía ante sí a su fantasma. Estuvo a punto de exclamar: «Espíritu, ¡vuelve a tu lugar de reposo!» Pero como aquello estaba ocurriendo a plena luz del día se recuperó pronto de su turbación y preguntó con voz temblorosa:

—¿Me engañan mis ojos?

—No —respondió Nathan—. Soy yo.

Durante largo tiempo marido y mujer permanecieron inmóviles mirándose en silencio uno a otro. Roise Temerl estaba tan aturdida que no podía hablar. Le empezaron a temblar las piernas, y tuvo que apoyarse en un árbol para no caer.

—¡Santo cielo! —exclamó—. ¿Qué te ha pasado?

—¿Está tu marido en casa? —preguntó Nathan.

—¿Mi marido? —repitió ella, confusa—. No…

Ya se disponía a decirle que entrara, cuando Roise Temerl recordó que la Ley le prohibía permanecer con él bajo un mismo techo. Temió también que la criada pudiera reconocerle. Inclinándose, recogió la vasija caída.

—¿Qué ha sucedido? —preguntó.

Tartamudeando, Nathan le contó que se había reunido con Shifra Zirel en Lublín, que se había casado con ella y que se había dejado persuadir para que fuera a visitar a sus parientes en Hungría. En una posada próxima a la frontera, ella le abandonó, robándoselo todo, hasta sus ropas. Desde entonces, había vagado por todo el país, dormido en los asilos y, como un mendigo, hecho la ronda de las casas particulares. Al principio, había pensado en obtener un escrito firmado por cien rabinos facultándole para casarse de nuevo y había emprendido el camino hacia Frampol. Luego, supo que Roise Temerl había vuelto a casarse y había ido a suplicarle perdón.

Incapaz de dar crédito a sus ojos, Roise Temerl seguía mirándole fijamente. Apoyado en su curvo bastón, como pudiera estar un mendigo, mantenía los ojos bajos. Matas de pelo le salían por los oídos y las narices. A través de su roto abrigo, ella vio el sayal de arpillera y, por un agujero de éste, su carne. Parecía haberse hecho más pequeño.

—¿Te ha visto alguien del pueblo? —preguntó.

—No. He venido por los campos.

—¡El cielo me valga! ¿Qué hago contigo ahora? —exclamó ella—. Estoy casada.

—No quiero nada de ti —dijo Nathan—. Adiós.

—¡No te vayas! —exclamó Roise Ternerl—. ¡Oh, qué desgraciada soy!

Cubriéndose el rostro con las manos, empezó a sollozar. Nathan se apartó.

—No te entristezcas por mí —dijo—. No he muerto todavía.

—Ojalá hubieses muerto —repuso ella—. Sería más feliz.

Bien, yo, el Destructor, no había puesto en práctica todavía todas mis insidiosas mañas. La balanza de pecados y castigo no se había equilibrado aún. Por ello, con un vigoroso movimiento, hablé a la mujer en el lenguaje de la compasión, pues es de sobra sabido que la compasión, más que ningún otro sentimiento, puede servir tanto a los buenos como a los malos propósitos. «Roise Temerl, —dije— es tu marido, has vivido con él cincuenta años y no puedes rechazarle ahora que está caído.» Y cuando ella preguntó:

—¿Qué haré? Después de todo, no puedo dejar así las cosas y quedar expuesta a la mofa de los demás.

Yo le hice una sugerencia. Ella se estremeció, levantó los ojos y pidió a Nathan que la siguiera. Él echó a andar sumisamente tras ella, como un visitante pobre que hace todo lo que le dice la señora de la casa.

VII

EL SECRETO DE LA CASA ABANDONADA

En el patio, detrás del granero y cerca del edificio del baño, había una casa abandonada y medio en ruinas en la que muchos años atrás habían vivido los padres de Roise Temerl. Desocupada ahora, las ventanas del piso bajo estaban condenadas con tablas, pero en el segundo piso quedaban todavía unas cuantas habitaciones bien conservadas. Las palomas se posaban en el tejado y las golondrinas habían anidado bajo el canalón. Una vieja escoba había sido embutida en la chimenea. Nathan había dicho muchas veces que sería conveniente derribar el edificio, pero Roise Temerl había sostenido siempre que mientras ella viviese no sería derruida la casa de sus padres. El desván estaba lleno de trapos y trastos viejos. Los chiquillos decían que a medianoche brillaba en ella una luz y que el sótano estaba habitado por demonios. Roise Temerl condujo allí a Nathan. No era fácil entrar en la casa abandonada. Zarzas y hierbas obstruían el camino. La falda de Roise Temerl se enganchaba en espinas filosas como clavos. Por todas partes había pequeños montones de arena. Una espesa cortina de telarañas cubría el umbral de la puerta. Roise Temerl la barrió con una rama. Las escaleras estaban destartaladas. A ella le flaqueaban las piernas, y tuvo que apoyarse en el brazo de Nathan. Se levantó una espesa nube de polvo, y Nathan empezó a toser y a estornudar.

—¿Adónde me llevas? —preguntó, aturdido.

—No temas —dijo Roise Temerl—. Todo va bien.

Le dejó allí y volvió a la casa. Dijo a la criada que se tomara vacación para el resto del día, lo que ella no se hizo repetir dos veces. Cuando se hubo marchado, Roise Temerl abrió los armarios que aún se hallaban llenos con las ropas de Nathan, cogió del arca la ropa blanca, y lo llevó todo a la casa abandonada. Volvió a marcharse y cuando regresó llevaba un cesto conteniendo arroz y carne asada, callos, chuleta de ternera, pan blanco y ciruelas en compota. Una vez que él hubo devorado su cena y lamido el plato de ciruelas, Roise Temerl le llevó un cubo de agua del pozo y le dijo que fuera a otra habitación a lavarse. Estaba cayendo la tarde, pero el crepúsculo duró mucho tiempo. Nathan hizo lo que Roise Temerl le decía, y ella le oyó chapotear y suspirar en la habitación contigua. Luego, se cambió de ropa. Cuando Roise Temerl le vio, se le llenaron los ojos de lágrimas. La luna llena iluminaba con su radiante luz la estancia, y Nathan, con una camisa limpia, su bata bordada, su gorro de seda y sus zapatillas de terciopelo, volvía a ser el mismo de antes.

Daba la casualidad de que Moshe Mécheles estaba fuera de la ciudad, y Roise Temerl no tenía prisa. Volvió a la casa y regresó con ropas de cama. No queriendo encender una vela, por si alguien veía el resplandor, Roise Temerl subió con Nathan al desván y tanteó en la oscuridad hasta encontrar unas viejas tablas con que formar la cama. Luego, colocó sobre ella un colchón, sábanas y una almohada. Se había acordado de traer incluso un poco de mermelada y una caja de dulces para que Nathan pudiera tomarlos antes de dormir. Sólo entonces se sentó en el inseguro taburete para descansar. Nathan tomó asiento en el borde de la cama.

Tras un largo silencio, él dijo:

—¿Por qué todo esto? Debo marcharme mañana.

—¿Por qué mañana? —dijo Roise Temerl—. Descansa. Siempre hay tiempo de pudrirse en el asilo.

Permanecieron hasta bien avanzada la noche hablando en voz baja. Roise Temerl lloraba y dejaba de llorar, empezaba de nuevo y volvía a recobrar la calma. Insistió en que Nathan se lo confesara todo, sin omitir detalles, y él le volvió a contar cómo se había reunido con Shifra Zirel, cómo se habían casado, cómo ella le había convencido para ir a Preesburg y cómo habían pasado la noche en la posada entregados al amor y a las delicias de una dulce conversación. Y, al amanecer, cuando él quedó dormido, ella se había levantado y le había soltado la bolsa que llevaba al cuello. Contó también a Roise Temerl cómo se había visto obligado a prescindir de toda vergüenza, a dormir con mendigos y a comer en mesas ajenas. Aunque su relato la enfurecía, y ella le llamaba zoquete, estúpido, necio, su corazón casi se deshacía de compasión:

«¿Qué vamos a hacer ahora?», murmuraba ella una y otra vez. Y yo, el Espíritu Malo, contestaba: «No le dejes marchar. La vida de mendigo no es para él. Podría morirse de vergüenza o de dolor». Y, cuando Roise Temerl alegaba que, como era una mujer casada, no tenía derecho a permanecer con él, yo decía: «¿Pueden las doce líneas de un acta de divorcio separar

212

dos almas que han estado fundidas por cincuenta años de vida en común? ¿Puede la ley transformar en extraños a un hermano y una hermana? ¿No se ha convertido Nathan en parte integrante de tu ser? ¿No le ves todas las noches en tus sueños? ¿No es toda tu fortuna resultado de su trabajo y sus esfuerzos? ¿Y qué es Moshe Mécheles? Un extraño, un patán. ¿No sería mejor abrasarte con Nathan en el infierno para servir de escabel de Moshe Mécheles en el cielo?». Le recordé también un incidente de un libro de cuentos, en el que un rico hacendado, cuya mujer se había fugado con un domador de osos, la perdonaba después y la llevaba a su mansión.

Cuando el reloj de la iglesia de Frampol dio las once, Roise Temerl regresó a su casa. En su lujoso y endoselado lecho, se agitaba como enfebrecida. Nathan permaneció durante largo tiempo junto a la ventana, mirando al exterior. El cielo de Elul estaba lleno de estrellas. La lechuza del tejado de la sinagoga ululaba con voz humana. El maullido de los gatos le recordaba a las mujeres en trance de parir. Chirriaban los grillos y sierras invisibles parecían estar trabajando en los troncos de los árboles. El relincho de los caballos que habían pastado toda la noche llegaba a través de los campos con las llamadas de los pastores. Como estaba en un piso alto, Nathan podía ver todo el poblado de una sola mirada: la iglesia, la sinagoga, el matadero, la casa de baños, el mercado y las callejuelas laterales en que vivían los gentiles. Reconocía cada cobertizo, cada choza y cada tabla de su propio patio. Una cabra mordía la corteza de algún árbol. Un ratón de campo salió del granero para volver a su madriguera. Nathan estuvo largo tiempo mirando. Todo le resultaba familiar y, sin embargo, extraño, real y fantástico, como si ya no se encontrara entre los vivos, como si sólo su espíritu flotase allí. Recordó que había una frase hebrea aplicable a él, pero no lograba rememorarla exactamente. Finalmente, después de mucho rato de forzar la memoria; dio con ella: *el que ve sin ser visto*.

VIII

EL QUE VE SIN SER VISTO

Corrió rápidamente por Frampol el rumor de que Roise Temerl, habiendo reñido con su criada, la había despedido antes de que expirara el plazo del contrato. Ello sorprendió a las amas de casa, porque la muchacha era tenida generalmente por honrada y trabajadora. En realidad, Roise Temerl había despedido a la muchacha para impedir que descubriese que Nathan vivía en la casa abandonada. Como siempre que seduzco a los pecadores, convencí a la pareja de que todo aquello era provisional, que Nathan se quedaría sólo hasta que se hubiese recobrado suficientemente. Pero hice que Roise Temerl acogiera con agrado la presencia de su oculto huésped y que Nathan disfrutara estando donde estaba. Aunque siempre que estaban juntos hablando de su futura separación, Roise Temerl dio a las habitaciones de Nathan un inequívoco aire de permanencia. Volvió a guisar para él y a llevarle sus platos más exquisitos. A los pocos días, el aspecto de Nathan cambió notablemente. A fuerza de pasteles y golosinas, su rostro volvió a adquirir un matiz sonrosado y se abultó su barriga, como la de un hombre acomodado. Volvía a llevar camisas bordadas, zapatillas de terciopelo, batas de seda y pañuelos de batista. Para que no se aburriera en su ociosidad, Roise Temerl le llevó una Biblia en yiddish, un ejemplar de *La herencia del ciervo* y numerosos libros de cuentos. Se las arregló incluso para proporcionarle tabaco para su pipa, pues le encantaba fumar, y subió del sótano las botellas de vino e hidromiel que Nathan había acumulado a lo largo de los años. En la casa abandonada, la pareja divorciada celebraba verdaderos banquetes.

Procuré que Moshe Mécheles pasara muy poco tiempo en casa; le enviaba a toda clase de ferias e incluso le recomendaba como árbitro de las disputas. No pasó mucho tiempo sin que la casa abandonada de detrás del granero se convirtiese en el único solaz de Roise Temerl. Así como los pensamientos del avaro se hallan fijos constantemente en el tesoro que ha enterrado en un lugar oculto, así también Roise Temerl pensaba solamente en la casa abandonada y en el secreto de su corazón. Pensaba a veces que Nathan había muerto y que ella le había resucitado mágicamente por algún tiempo; en otras ocasiones, imaginaba que todo era un sueño. Siempre que miraba por la ventana en dirección al musgoso tejado de la casa abandonada, pensaba: «¡No! Es inconcebible que Nathan esté allí; debe de ser una alucinación.» E inmediatamente tenía que acudir allí, subir las desvencijadas escaleras y encontrarse a mitad de camino con el propio Nathan en persona, con su familiar sonrisa y su agradable olor.

—Nathan, ¿estás ahí? —preguntaba.

Y él respondía:

—Sí, Roise Temerl, estoy aquí y te espero.

—¿Me has echado en falta? —preguntaba ella.

Y él contestaba:

—Desde luego, cuando oigo tus pasos, es una fiesta para mí.

—Nathan, Nathan —continuaba ella—, ¿habrías creído hace un año que habríamos de terminar así?

Y él murmuraba:

—No, Roise Temerl. Es como un mal sueño.

—Oh, Nathan, hemos perdido ya este mundo, y me temo que perderemos también el otro —decía Roise Temerl.

Y él contestaba:

—Bueno, mala cosa es ésa, pero el infierno también es para las personas, no para los perros.

Como Moshe Mécheles pertenecía a los hasidim, yo, el Antiguo Rebelde, le envié a pasar los Días de Temor con su rabino. Al verse sola, Roise Temerl compró a Nathan un manto de oración, una túnica blanca y un libro de rezos y le preparó una suculenta comida de fiesta. Como en Rosh Hashana no hay luna, él cenó a oscuras, cubrió a tientas de miel una raja de pan y saboreó una manzana, una zanahoria, una cabeza de carpa y ofreció la bendición del primer fruto sobre una granada. Durante el día rezó, vestido con su túnica y su manto de oración. El sonido del cuerno de carnero le llegaba débilmente desde la sinagoga. En el intermedio entre las oraciones, Roise Temerl le visitó con su dorado vestido, su blanco abrigo de raso y el manto bordado con hilos de plata, para desearle un feliz año nuevo. Le colgaba del cuello la cadena de oro que él le había regalado en su fiesta de esponsales. Un broche que le había traído de Danzig temblaba sobre su pecho, y lucía en la muñeca una pulsera que le había comprado en Brody. Exhalaba un aroma a miel mezclado con el olor a la sección de mujeres de la sinagoga. La tarde anterior al Día de la Expiación, Roise Temerl le llevó un gallo blanco como víctima sacrificial y le preparó la comida que había de tomar antes de comenzar el ayuno. Entregó también a la sinagoga una vela de cera por su alma. Antes de salir para dirigirse a la sinagoga a rezar la oración *Minchah*, fue a despedirse de él y empezó a lamentarse en voz tan alta que Nathan temió que la oyeran. Se le echó a los brazos y se abrazó a él como si no quisiera separarse jamás. Tenía el rostro bañado en lágrimas, y gritaba como poseída. «Nathan, Nathan —gemía—, no sea mayor nuestra desgracia», y otras cosas que se dicen cuando muere un miembro de la familia, repitiéndolas una y otra vez. Temiendo que pudiera desmayarse y caer al suelo, Nathan tuvo que acompañarla mientras bajaba la escalera. Luego, de pie junto a la ventana, contempló a los habitantes de Frampol que se dirigían a la sinagoga.

Las mujeres andaban rápida y enérgicamente, como si se apresuraran para rezar por alguien que se encontrara en su lecho de muerte; se recogían ligeramente las faldas y, cuando dos de ellas se encontraban, se echaban una en brazos de la otra y se balanceaban atrás y adelante, como si estuvieran empeñadas en alguna misteriosa lucha. Esposas de prominentes ciudadanos llamaban a la puerta de los pobres y suplicaban perdón. Madres, cuyos hijos se hallaban enfermos, corrían con los brazos extendidos, como si persiguieran a alguien, gritando como locas. Hombres de edad madura se quitaban los zapatos antes de salir de casa y se ponían túnicas blancas, mantos de oración y blancos bonetes. En el patio de la sinagoga, los pobres se hallaban sentados en los bancos sosteniendo los cepillos de las limosnas. Un resplandor rojizo se difundía sobre los tejados, relumbrando en los cristales de las ventanas e iluminando pálidos rostros. Masas de nubes incendiadas rodeaban el globo enorme del sol que descendía por occidente, y la mitad del firmamento se hallaba cubierto de vivas llamaradas.

Nathan recordó el Río de Fuego, en el que deben purificarse todas las almas. Pronto, el sol se hundió en el horizonte. Muchachas vestidas de blanco se asomaron y cerraron cuidadosamente los postigos de las ventanas. En los altos vidrios de la sinagoga titilaban pequeñas llamas y, en el interior, todo el edificio parecía ser un ondulante parpadeo. Se alzaba de él un inmenso murmullo punteado de sollozos. Nathan se quitó los zapatos y se envolvió en su túnica y en su manto de oración. Medio leyendo y medio recordando, entonó las palabras de Kol Nidre, el cántico que recitan no sólo los vivos, sino también los muertos en sus tumbas. ¿Y qué era él, Nathan Jozefover, sino un hombre muerto que, en vez de descansar en su tumba, vagaba por un mundo inexistente?

IX

HUELLAS EN LA NIEVE

Habían terminado las fiestas y había llegado el invierno, pero Nathan continuaba todavía en la casa abandonada. No podía calentarse, no sólo porque la estufa había sido desmontada, sino porque el humo, al salir de la chimenea, suscitaría las sospechas de la gente. Para impedir que se helara, Roise Temerl le llevó ropas de abrigo y un caldero de brasas. Por la noche se cubría con dos edredones de plumas. Llevaba durante el día su piel de zorro e iba calzado con botas de fieltro. Roise Temerl le llevó también una barrica de licor con una paja, por la que él sorbía cada vez que sentía frío mientras comía un pedazo de cordero salado. Debido a los sabrosos manjares que le llevaba Roise Temerl, engordó considerablemente. Por las tardes, miraba con curiosidad desde la ventana a las mujeres que iban a los baños rituales. Los días de mercado no se apartaba de la ventana. El patio se llenaba de carros, y los campesinos descargaban sacos de grano. Moshe Mécheles, con una chaqueta acolchada, corría de un lado a otro gritando roncamente. Aunque le dolía a Nathan pensar que aquel ridículo tipejo disponía de todos sus bienes y se acostaba con su mujer, el aspecto de Moshe Mécheles le hacía reír, como si todo el asunto fuera una especie de broma que él, Nathan, le había gastado a su competidor. A veces, le daban ganas de gritarle: «¡Eh, tú, Moshe Mécheles!», y tirarle un pedazo de yeso o un hueso.

Mientras el tiempo se mantuvo sin nevar, Nathan tenía todo lo que necesitaba. Roise Temerl le visitaba con frecuencia. Por la noche, Nathan salía a pasear por un camino que conducía al río. Pero una noche cayó una gran cantidad de nieve, y Roise Temerl no le visitó por miedo a que alguien pudiera reparar en sus pisadas. Y Nathan tampoco pudo salir a satisfacer sus necesidades naturales. Durante dos días no tuvo nada caliente que comer, y el agua del cubo se congeló. Al tercer día, Roise Temerl contrató a un campesino para que limpiase de nieve el espacio comprendido entre la casa y el granero, encargándole que limpiase también la nieve entre el granero y la casa abandonada. Cuando Moshe Mécheles volvió a casa se quedó sorprendido y le preguntó el motivo de ello, pero Roise Temerl cambió de conversación y, como él no sospechaba nada, pronto se olvidó del asunto.

A partir de entonces, la vida de Nathan fue haciéndose cada vez más difícil. Después de cada nevada, Roise Temerl limpiaba de nieve el camino con una pala. Para impedir que los vecinos vieran lo que ocurría en el patio, mandó reparar la cerca. Con el fin de tener un pretexto para ir a la casa abandonada, hizo cavar cerca de ella una zanja como vertedero de basura. Siempre que visitaba a Nathan, éste le decía que había llegado el momento de liar su hatillo y marcharse, pero Roise Temerl le persuadía para que se quedara.

—¿Adónde irás? —le preguntó—. Podrías caerte muerto de agotamiento.

Según el almanaque, argumentó, el invierno sería suave, y el verano empezaría pronto, semanas antes de Purim, y sólo tendría que aguantar durante la mitad del mes de Kislev, además de Teveth y Shevat. A veces ni siquiera hablaban, sino que se limitaban a estar sentados en silencio, con las manos cogidas y llorando. Ambos iban perdiendo fuerzas día a día. Nathan se ponía poco a poco más gordo e hinchado; su vientre estaba lleno de aire; sus piernas parecían de plomo y su vista se iba debilitando. Ya no podía leer sus libros. Roise Temerl adelgazó extraordinariamente, perdió el apetito y no podía dormir. Algunas noches, se pasaba todo el tiempo despierta, sollozando. Y cuando Moshe Mécheles le preguntaba por qué, ella le decía que era porque no tenía hijos que rezaran por ella después de su muerte.

Un día, cayó un chaparrón que disolvió la nieve. Como Roise Temerl no le había visitado hacía dos días, Nathan esperaba que llegase de un momento a otro. No le quedaba ningún alimento; sólo había un poco de aguardiente en el fondo de la barrica. Estuvo esperándola durante horas al lado de la ventana, que se hallaba empañada por la escarcha, pero ella no acudió. Era una noche tenebrosa y helada. Ladraban los perros, soplaba el viento. Las paredes de la vieja casa se estremecían; llegaba un penetrante silbido por la chimenea y crujían las tejas en el alero. En la casa de Nathan, ahora la casa de Moshe Mécheles, parecían haber sido encendidas varias lámparas; eran extraordinariamente brillantes, y su luz hacía más espesas las tinieblas exteriores. Nathan creyó oír un sonido de ruedas, como si un carruaje hubiera llegado a la casa. En la oscuridad, alguien sacó agua del pozo y alguien arrojó fuera los desechos. Corría el tiempo y, a pesar de lo avanzado de la hora, los postigos continuaban abiertos. Al ver que unas sombras se movían a un lado y a otro, Nathan pensó que quizás hubiesen acudido distinguidos visitantes y se les estaba obsequiando con un banquete. Siguió mirando hasta que se le doblaron las rodillas y, con la última fuerza que le quedaba, se arrastró hasta la cama y cayó en un profundo sueño.

El frío le despertó de madrugada. Se levantó con las piernas rígidas y avanzó a duras penas hasta la ventana. Había caído más nieve durante la noche, y se había helado en el suelo. Con gran asombro, Nathan vio un grupo de hombres y mujeres alrededor de la casa. Se preguntó inquieto qué iría a suceder. Pero no tuvo que interrogarse mucho tiempo pues, de pronto, se abrió la puerta y aparecieron cuatro hombres llevando un ataúd cubierto con un paño negro. «¡Ha muerto Moshe Mécheles!», pensó Nathan. Pero entonces vio a Moshe Mécheles caminando detrás del ataúd. No era él, sino Roise Temerl, quien había muerto.

Nathan se sentía incapaz de llorar. Era como si el frío le hubiese helado las lágrimas. Contempló tembloroso a los hombres que llevaban el ataúd, al muñidor haciendo sonar su caja de limosnas y a los acompañantes del duelo chapoteando en la nieve. El cielo, lívido y blanquecino, parecía unirse con la tierra silenciosa. Como inmersos en una ancha corriente, los árboles parecían emerger de entre la inmensa blancura. Nathan divisaba desde su ventana todo el camino hasta el cementerio. El ataúd se movía lentamente; la multitud que le seguía se difuminaba y, a veces, se desvanecía por completo, parecía hundirse en el suelo y emerger nuevamente luego. Nathan imaginó por un momento que el cortejo se había detenido y ya no avanzaba y, luego, que la gente y el ataúd se movían hacia atrás. El cortejo fue haciéndose cada vez más pequeño hasta no ser más que una minúscula mancha negra. Como la manchita había dejado de moverse, Nathan comprendió que el duelo había llegado al cementerio y que estaba contemplando el entierro de su fiel esposa. Se lavó las manos con el aguardiente que quedaba, pues el agua de su cubo se había convertido en hielo, y empezó a murmurar la oración de los difuntos.

X

DOS CARAS

Nathan había pensado recoger sus cosas y marcharse durante la noche, pero yo, el Príncipe de los demonios, impedí que llevara a cabo su plan. Antes de salir el sol, se vio dominado por fuertes retortijones de estómago; le ardía la cabeza y tenía tan débiles las rodillas que no podía andar. Sus zapatos se habían vuelto quebradizos, y no pudo ponérselos; se le habían hinchado las piernas. El Buen Espíritu le aconsejó que pidiera socorro, que gritara hasta que le oyese la gente y acudiera a rescatarle, porque ningún hombre puede causar su propia muerte, pero yo le dije:

—¿Recuerdas las palabras del rey David: «Prefiero caer en las manos de Dios que en las manos de la gente»? ¿Quieres que Moshe Mécheles y sus secuaces tengan la satisfacción de reírse y vengarse de ti? Es preferible morir como un perro.

En resumen, escuchó mis palabras; primero, porque era orgulloso y, segundo, porque no estaba destinado a ser enterrado conforme a la Ley.

Reuniendo sus últimos restos de energía, empujó su cama hasta la ventana para tenderse allí y mirar. Pronto se quedó dormido, y despertó. Era de día y luego, de noche. A veces, oía gritos en el patio. Otras veces, creía que alguien le llamaba por su nombre. Le parecía que su cabeza se había vuelto enormemente grande y pesada, como si llevara una piedra de molino al cuello. Tenía los dedos entumecidos y la lengua gruesa; parecía mayor que el espacio que ocupaba. Mis ayudantes, los duendes, se le aparecían en sueños. Gritaban, silbaban, encendían fuegos, andaban en zancos y lloraban como actores de Purim. Soñaba en riadas, luego en incendios; imaginaba que el mundo había sido destruido y, luego, que revoloteaba en el vacío con alas de murciélago. En sus sueños, veía también frituras, empanadillas, tallarines con queso y, cuando despertaba, su estómago estaba tan lleno como si realmente hubiera comido; eructaba y suspiraba, y se tocaba el vientre, que estaba vacío y le dolía.

Una vez, al incorporarse, miró por la ventana y vio con gran sorpresa que la gente andaba hacia atrás, y se quedó maravillado de ello. No tardó en ver otras cosas extraordinarias. Entre los que pasaban, reconoció a hombres que habían muerto hacía mucho tiempo. «¿Me engañan los ojos? —se preguntó—. ¿O ha llegado el Mesías y ha resucitado a los muertos?» Cuanto más miraba, más atónito se quedaba. Generaciones enteras cruzaban la ciudad, hombres y mujeres con bultos en la espalda y paquetes en las manos. Reconoció entre ellos a su padre y a su abuelo, a sus abuelas y a las hermanas de sus abuelas. Veía grupos de obreros construyendo la sinagoga de Frampol. Transportaban ladrillos, aserraban madera, amasaban yeso, afianzaban tejas. Había muchos chicos que miraban hacia arriba y gritaban una extraña palabra que él no lograba entender, como si perteneciera a un idioma extranjero. Como si danzaran en torno a la Torá, dos cigüeñas circundaban el edificio. Luego, se desvaneció el edificio y los obreros, y vio a un grupo de gentes descalzas, barbudas, de ojos enfebrecidos, con cruces en las manos, llevar a un judío a la horca. Aunque el joven, de espesa barba negra, lanzaba unos gritos que destrozaban el corazón, seguían arrastrándole, atado con cuerdas. Repicaban las campanas, la gente huía por las calles y se ocultaba. Era mediodía, pero había tanta oscuridad como en un eclipse de sol. Finalmente, el joven gritó: «Shema Yisroel, el Señor nuestro Dios, el Señor es sólo uno», y fue abandonado en el patíbulo, colgando con la lengua fuera. Sus piernas se balancearon durante largo tiempo, y bandadas de cuervos volaban sobre su cabeza emitiendo roncos graznidos.

En su última noche, Nathan soñó que Roise Temerl y Shifra Zirel eran una sola mujer con dos caras. Se llenó de alborozo al contemplarla. «¿Por qué no me he dado cuenta antes de esto? —se preguntó—. ¿Por qué he tenido que pasar tanta ansiedad y congoja?» Besó a la bifronte mujer, y ella le devolvió sus besos con sus dobles labios, apretando contra él sus dos pares de pechos. Él le decía palabras de amor, y ella respondía con dos voces. En sus cuatro brazos y dos bustos quedaban contestadas todas sus preguntas. Ya no había vida ni muerte, aquí ni allí, principio ni fin.

—La verdad es doble —exclamó Nathan—. ¡Éste es el misterio de todos los misterios!

Sin una última confesión de sus pecados, Nathan murió aquella noche. Yo transporté inmediatamente su alma a los abismos inferiores. Sigue vagando todavía hoy por los espacios desolados, y no se le ha concedido aún la entrada en el infierno. Moshe Mécheles volvió a casarse de nuevo, con una joven esta vez. Ella se lo hizo pagar caro, pronto heredó su fortuna y la derrochó. Shifra Zirel se hizo prostituta en Pressburg y murió en el asilo. La casa abandonada permanece igual que antes, y los huesos de Nathan yacen allí todavía. Y, ¿quién sabe?, tal vez otro hombre que ve sin ser visto se oculta en ella.

FIN

ÍNDICE

Gimpel, el tonto de Isaac Bashevis Singer
se terminó de imprimir en enero de 2018
en los talleres de
Impresora Tauro S.A. de C.V.
Av. Plutarco Elías Calles 396, col. Los Reyes,
Ciudad de México